결혼이 주체적인 선택이듯
이혼도 주체적인 선택일 뿐
그 이상도
이하도 아니다.

우리는 육아가 끝나면
각자 집으로 간다

부부는 끝났지만,
부모 역할은 계속된다.

우리는 육아가 끝나면
각자 집으로 간다

글짱

도서출판담다

프롤로그

이혼,

그 단어의

무게를

내려놓을 수

있을까.

지긋지긋한 결혼 생활만 끝나면 자유로운 사람으로 다시 훨훨 날아갈 줄 알았다. 그러나 벗어나고 싶다는 욕심에 미처 보지 못한 것이 있었다. 나는 여자인 동시에 두 아이의 엄마라는 사실을 뒤늦게 깨달았다. 이혼은 아내라는 자리 대신 여자라는 자리를 돌려주었지만, 또한 싱글맘이라는 이름표를 남겼다. 그리고 두 아이에게는 아빠의 부재가 상처가 되었다.

　내 이혼이 자식들에게 불행을 초래한다는 것을 인지한 순간, 마냥 행복할 수 없었다. 부모가 된 상태에서 이혼은 곧 온전한 여자로 돌아갈 수 없다는 것이었다. 새로운 시작 앞에서 가장 먼저 마주한 것은 '자유로운 여자'가 아니라, '자식에게 상처를 남긴 엄마'라는 현실이었다.

죽을 줄 모르고 불빛을 향해 뛰어든 불나방과 다르지 않았다. 이혼으로 끝낼 수 없는 관계, 그것이 바로 부모였다. 나아가 자식이 행복하지 않으면 엄마인 나는 비록 여자로 돌아와도 행복할 수 없다는 과제를 마주해야 했다.

'이혼은 부부가 헤어진 것이지, 부모가 헤어진 것이 아니다.'
'배우자의 부재와 아빠의 부재는 결코 같은 무게일 수 없다.'
'자녀가 안정될 때 비로소 온전한 나로서 행복할 수 있다.'

2021년 11월, 손끝이 시리도록 차가운 날 이혼한 후 3년 동안 부딪히며 배운 가장 큰 깨달음이었다. 이혼과 상관없이 부모는 자식을 끝까지 책임지고 올바르게 성장시켜야 하는 법적·도덕적 의무를 지닌다.

어떤 상황에서도 부모 역할을 충실히 해낼 때 비로소 내가 선택한 이혼의 진가가 발휘되었다.

돌싱 3년 차. 짧다면 짧은 시간이지만, 부모 역할에 충실하기까지 또 자녀가 느끼는 부모 부재의 공백을 줄이기까지 그 여정은 결코 순탄치 않았다. 이혼 가정에서 자녀의 안정을 위해 고군분투했던 시간이었으며, 여자로 되돌아온 일상의 만족도를 높이기 위해 스스로 돌보고 성장하는 어느 때보다 치열한 날들이다.

이 책은 그런 시행착오를 겪으며 넘어지고 부서지고 깨지면서 배운 것들을 담은 기록이다.

1장 '결혼 10년 차, 다시 혼자 살 수 있을까?'에는 자녀가 있는 엄마로서 불확실한 미래로 인해 10년간 이혼을 고민하던 사람이 단 7일 만에 가정법원 앞에 선 과정을 담았다. 2장 '두 아이가 있는 돌싱이 되다'에는 싱글맘이 채울 수 없는 아빠의 부재와 이혼 가정의 아픔을 느끼는 자녀를 단단하게 세워 가는 시간을 담았다.

　마지막 3장 '다시 여자로서 행복을 채우다'에는 두 아이가 있는 이혼녀가 행복해질 수 있는 조건은 바로 자녀가 안정된 후에 나 자신을 찾는 것이라는 이야기를 담았다.

　부모의 역할은 각자 다르다. 아무리 노력해도 엄마가 아빠 역할을 대신할 수 없는 게 이혼 가정의 현실이다.

그렇기에 부모로서 이혼한다는 것 자체가 얼마나 무거운 결정인지, 그럼에도 불구하고 이혼을 고민하는 이유는 지금이 더한 고통 때문이라는 것을 안다.

이혼이라는 어렵고 힘든 결정을 해야 할 때 부부 관계는 멈추되 부모로서는 남는 것으로 여기면 어떨까. 자녀를 희생양으로 만들지 않고 나의 온전한 삶을 되찾기 위한 선택이라고 여기면 어떨까. 상처투성이인 부부는 완만한 부모가 될 수 없었다. 전멸한 부부는 사랑으로 자식을 대할 수 없었다.

그렇기에 부부의 의무를 빼고 부모의 책임을 더해 자식에게 완전한 부모가 되기 위해 선택이 이혼이었다.

현재 나는 부부의 상처를 씻어 내고, 양육자 역할을 다하며, 여자인 나를 지켜 내는 일상을 살고 있다. 상대도 마찬가지로 육아를 위해 아빠 역할을 다하기 위해 노력한다.

그런 다음 우리는 육아로 찌든 피로를 서로를 향한 헐뜯기가 아닌 각자의 집에서 자신만의 즐거움으로 해소한다. 각자의 공간에서 여자와 남자로서 채우는 힐링은 감정에 따라 자식을 대하는 태도를 멈추게 했다.

부부로서의 감정을 정리하고 엄마 아빠로서 닫혔던 마음의 문을 열기로 결심한 순간, 우리는 조금 더 유쾌하게 헤어질 수 있었다.

지난 3년 동안 내가 알게 되고 깨닫고 배운 것을 담은 이 책이 자녀가 있는 부모로서 이혼을 고민하는 부부와 불안과 걱정에 둘러싸여 있는 싱글맘, 다시 행복을 찾고 싶어 혼자가 된 사람에게 작은 도움이 되기를 바란다.

봄이 오는 길목에서

글짱

차례

PART 2

두 아이가 있는 돌싱이 되다

PART 3 ─────────────────────────────

다시 여자로서 행복을 채우다

PART 1

결혼 10년 차,
다시 혼자 살 수 있을까?

혼자 살 수 있을까?

남편이 보기에
나는 쉬는 날까지
집안일을 못 해서
안달 난 사람처럼
보였을 수 있다.

어쩌다 함께 쉬게 된 일요일, 외출하지 않으면 아침부터 집안일과 육아 분담 때문에 결혼 10년 차 부부는 신경이 날카로워진다. 10년쯤 함께 살고 두 아이를 키우다 보면 서로 적당히 일을 나눌 법도 한데, 언제부터인가 '내가 더 하면 안 되고, 네가 더 해야 한다'는 생각이 앞서며 신경전이 치열했다. 엄마이기 전에 한 사람으로, 한 여성으로 나는 점점 숨이 막혀 왔다. 남편은 아침잠이 없어서 일찍 거실로 나가 예능 프로그램을 보며 웃고 있고, 나는 그 소리에 억지로 일어나 아이들의 아침부터 챙긴다.

　안방 문을 열고 나온 나를 본 아이들의 첫마디는 역시나 예상에서 벗어나지 않는다.

"엄마, 배고파!"

"애들 배고프다고 하기 전에 냉장고에서 반찬 좀 꺼내서 같이 밥 먹으면 큰일 나? TV 볼 시간은 있으면서 밥 차려 먹을 시간은 없어?"

나름 화를 꾹 참고 뱉은 말에, 남편이 억울한 표정으로 대꾸했다.

"늦잠 잘 만큼 잤으면서 뭐가 불만이야?"

그러고는 아이들에게 한마디 덧붙인다.

"배고프면 아빠한테 말하지, 왜 엄마한테 얘기해서 아빠 혼나게 해?"

"시간 되면 뭐라도 먹이는 게 맞는 거지. 이게 애들한테 뭐라 할 일이야?"

"애들 밥 먹기 전에 간식 주지 말라며!"

이게 애들 잘못으로 돌릴 일인가? 속이 부글부글 끓어올랐다. 계속되는 언쟁에 싸움이 걷잡을 수 없이 커질 것 같아 입을 다물었지만, 싱크대가 부서져라 밥상을 차리는 내 모습에 아이들은 눈치를 보기 시작했다.

부글거리는 마음을 억지로 누르며 설거지를 마치고 돌아서는데, 남편은 여전히 소파에서 벗어나지 않고 있었다. 구시렁거리며 오늘 할 일을 전하자, 하기 싫다는 티를 내면서 억지로 집안일을 도왔다. 하지만 살얼음판 같은 분위기는 오후까지도 가시지 않았다.

내가 보기에 남편은 가사와 육아를 외면하는 사람이었다. 남편이 보기에 나는 쉬는 날까지 집안일을 못 해서 안달난 사람처럼 보였을 수 있다. 나는 남편이 나를 괴롭힌다고 생각했고, 그는 내가 쉬지 못하게 방해한다고 느꼈을지도 모른다. 우리 사이에 '정'이라는 게 남아 있기나 한 건지 의심스러울 즈음, 또 다른 사소한 일로 싸움이 붙었다.

더는 참을 수 없었다. 무슨 말을 할지 뻔했다. 결국 나는 자동차 키를 챙겨 현관문을 박차고 나왔다.

시동을 걸고 빌라 단지를 빠져나왔지만, 막상 갈 곳이 없었다. 집에서 나온 지 1분도 채 지나지 않아 아이들이 걱정됐다. 결국 빌라에서 멀지 않은 곳에 차를 세웠다.

시간이 흐르고, 아이들에게 아무것도 먹이지 못하고 나
온 게 마음에 걸려 막내 형님에게 전화를 걸었다.

"언니, 저녁 드셨어요?"

큰일은 아닌 것처럼, 안부를 묻듯 상황을 얘기하니 형님
이 말했다.

"우리 집으로 와. 계속 밖에 있을 수는 없잖아."
"그것보다 집에 전화 좀 해서 애들 밥 먹었나 물어봐 주
면 안 될까요?"

"너는 이 상황에도 애들 밥걱정이야? 할아버지도 있고,
애들 아빠도 있는데 밥은 먹였겠지."

애들을 두고 나온 탓에 마음이 돌덩이처럼 무겁게 가라
앉았다. 과자라도 먹였을 것이고, 과일이라도 먹였을 것이
고, 둘째는 분유라도 먹였을 거라고 믿고 싶지만 마음이
편치 않았다.

집에 있으면 숨이 막혀 뛰쳐나왔지만, 갈 곳이 없어 길바닥을 떠도는 내 신세가 한심했다. 그리고 아이들 저녁을 챙기지 못한 죄책감이 발목을 잡는다.

"아직 밥 안 먹었다고 하길래 애들 아빠한테 먹이라고 했어. 너는 어디야? 아직도 밖이야?"
"네….."
"일단 우리 집으로 와."
"아니에요. 조금 있다가 집에 가야죠."

잠시 후 전화벨이 울렸다.
"엄마, 어디야? 나 배고파."
엄마가 돌아오지 않자 큰아이가 참다못해 전화한 것이다.

어릴 적, 출근한 엄마가 혹시라도 영영 돌아오지 않을까 봐 불안해하던 내가 지금 아이들에게 그 불안을 그대로 느끼게 하고 있었다.

"아빠가 밥 안 줬어?"

"응, 그냥 과일 먹었어."

"엄마 금방 갈게. 뭐라도 먹고 있어."

"응."

큰아이 목소리가 한층 밝아졌다. 웃으며 전화를 끊는 아이에게 미안했다. 그러면서 수만 가지 생각이 한꺼번에 올라왔다.

이혼하면 다시 행복해질 수 있을까? 애들 없이 살 수 있을까? 아직 초등학교 저학년인 큰아이는 스스로 학교에 갈 수 있을까? 둘째가 목 놓아 울어도 깨지 않는 남편이나 없이 둘째를 잘 돌볼 수 있을까? 아이들이 엄마가 자기들을 버렸다고 생각하면 어쩌지?

어둠이 내려앉은 길가, 비상등 깜박이는 차 안에서 나는 아무 결정도 내리지 못했다.

해결책을 찾지 못한 채, 아이들 없이는 살 수 없을 것 같다는 걱정과 죄책감에 휩싸여 서러움에 눈물이 났다. 그렇게 한참 흐르는 눈물을 손바닥으로 닦고 또 닦으며 울었다.

맞벌이 부부라 억울했던 걸까?

내 삶은

마치 1자 블록이 내려오지 않아

Game Over를 향해

차곡차곡 쌓이는

테트리스 같다.

13년 결혼 생활 중 내가 일하지 않고 쉬었던 기간은 두 아이 출산을 포함해 고작 3년 남짓이다. 꼬박 10년은 직장 퇴근과 동시에 현관에 어질러진 신발이 가장 먼저 맞이하는 집으로 출근했다. 늘 외출복 차림으로 주방을 서성이는 나와 달리 샤워까지 마치고 잠옷 차림으로 거실에 있는 상대를 보면 한숨만 나왔다.

　똑같이 퇴근했는데 늘어져 쉬는 상대와 여전히 잔업 중인 나, 자기 배 불리기 바쁜 상대와 애들 밥 먹인다고 아직 한 수저도 뜨지 못한 나, 볼록하게 부른 배를 두드리며 소파에 앉아 있는 이기적인 상대와 여전히 분주한 나. 반복되는 비교에 한숨은 멈출 날이 없고, 엄마와 아내라는 자리를 떠나 저런 남자를 선택한 나 자신이 초라하게만 느껴졌다.

사전에서는 맞벌이 부부를 양쪽 모두 직업을 가지고 돈을 버는 부부라고 정의한다. 그러나 내가 겪는 맞벌이 부부는 사소한 것에 분노하고 혼자 집안일을 도맡는 억울함만 가득한 것이었다.

"설거지 진짜 하기 싫다."
"나도 퇴근하고 힘든데 참고 밥했어."
"설거지 한 번만 빼 주면 안 돼?"
"나는 아직 밥도 못 먹었는데 그런 말이 나오니?"

억지로 싱크대 앞에서 설거지하는 남편은 짜증을 참지 않고 그릇을 부술 기세다. 상대가 나를 초라하게 하는 것처럼 나도 상대의 불쾌함을 이해해 주고 싶지 않다. 이런 불편 속에 게릴라처럼 닥치는 아이들의 잔병치레는 나의 억울함에 불을 댕기는 기폭제와 다름없었다.

아이가 아플 때마다 당연한듯 매번 직장에 아쉬운 소리를 하는 사람이 엄마인 내가 되는 게 싫었다.

누구의 회사가 중요하고 안 중요하고, 월급이 더 많고 적고의 문제가 아니다. 자식 일 앞에 언제나 엄마인 내 커리어가 무시당하는 게 문제다. 아이는 혼자 키우는 것이 아닌데, 나만 아이 때문에 마음 졸이는 사람이 되는 게 문제다. 회사에 아쉬운 소리를 하는 대신 조부모에게 아이를 맡기면 된다는 아이 아빠의 인식이 문제다.

직장에서는 아이 핑계로 아쉬운 소리를 하는 동료가 되고, 집에서는 사랑이 부족한 엄마가 되는 게 속상하다. 직장맘으로 커리어도 지키고 엄마 역할도 잘 해내고 싶은데 정말 쉽지 않다. 분명 아빠와 엄마가 있는데 엄마인 나 혼자 짐을 짊어지는 억울함에 무너지는 나 자신이 가엽다.

'이럴 바에 차라리 혼자 애 키우는 게 낫지 않을까?'
'늦은 퇴근길 거실에 불이 꺼지길 바라며 주차장을 배회하는 나는 괜찮은 걸까?'

맞벌이 부부의 장점은 경제적 부유함이라는데, 나는 억울함이 증폭할 때마다 저런 고민 늪에 빠져든다.

우리 가족이 잘 살자고 하는 맞벌이인데, 내 삶은 마치 1 자 블록이 내려오지 않아 Game Over를 향해 차곡차곡 쌓이는 테트리스 같다.

만약 내가 처음부터 전업주부였다면 블록을 잘 쌓아 올릴 수 있었을까? 매일 반복되는 이런 상황에 분노하고 억울해하며 짜증 내는 엄마의 모습은 없었을까?

퇴근한 남편이 기분 상하지 않도록 설거지 따위는 시키지 않는 아내가 됐을까? 내가 선택한 결혼에 후회를 반복하는 일은 없었을까?

10년 맞벌이 부부로 게으름 없이 꾸려 온 공간임에도 전혀 안락함을 느끼지 못하는 여기가 내 집이 맞기나 한 건지. 왁자지껄 소란스러운 가족들 사이에 이방인처럼 그들이 잠들기를 기다리는 나는 괜찮지 않다. 맞벌이라 억울해서 그렇다고 하기엔, 혼자인 나는 너무 억울하다.

엄마 일어나라고 해

어디서부터

잘못된 선택이었을까.

스물다섯 어린 신부는

4대 독자와 결혼에

자신 있었다.

홀시아버지와 한집살이가 두렵지 않았다. 사랑받는 며느리로서 시아버지의 기대에 부응하는 새색시가 되고 싶었다. 하지만 사랑으로 하나 된 남편하고도 여차하면 다투고, 25년 같이 산 친정아빠와도 옥신각신하는데 그 보다 훨씬 유대 관계가 먼 시아버지와 한집에서 사는 건 결코 쉬운 일이 아니었다.

"어린 나이에 홀시아버지 모시는 거 쉽지 않을 텐데 대단해."
"어린 새댁이 시아버지 챙기는 거 보면 대견하네."
"홀어머니도 아니고 홀시아버지를 어떻게 모실까. 나라면 못 해."

타인의 입에서 한마디씩 터져 나오는 칭찬에 내가 꽤 괜찮은 며느리처럼 느껴져 어깨가 으쓱했다. 타인이 인정해주는 효부이니 남편도 내 공에 대해 배려하고 이해하는 것이 당연하다고 생각했다.

하지만 상대에게는 내가 시아버지를 모시는 것이 특별한 일이 아니었다. 자기 아버지와 사는 건 어제와 다르지 않은 일상이었다. 굳이 며느리이자 아내인 내 공을 추켜세울 일이 아니었다. 아내이자 며느리인 내가 마트 가는 단순한 일부터 가족여행, 각종 집안 행사와 경조사를 도맡아 하는 것은 그에게 당연했다. 서로 생각하는 당연함이 너무 다른 우리, 점점 시댁살이가 버거워졌다.

우리는 5년 넘도록 교대 맞벌이를 했다. 어느 날 나는 야간 퇴근 후 잠을 자고, 남편은 휴무라 거실에서 둘째를 보고 있었다. 잠결에도 아빠와 있는 둘째가 신경 쓰여 깊이 잠들지 못하고 있는데, 부자지간에 오가는 실랑이 소리가 들렸다.

"엄마 일어나라고 해."

이제 막 말을 시작한 세 살짜리 둘째에게 시아버지가 심부름시키는 말이 귀에 박혔다. 일어나고 싶지 않았다. 바깥 상황이 뻔했다. 시아버지가 무언가를 요구했고, 남편은 하지 않았을 것이다. 벌컥 안방 문을 열고 들어온 둘째가 나를 깨웠다. 별수 없어 침대를 빠져나왔지만, 야간에 퇴근한 나를 배려하지 않는 가족에게 이미 마음이 상했다.

　상황은 이랬다. 쉬는 아들한테 면사무소에 가자고 하니 남편은 둘째를 보고 있어서 못 간다고 했고, 빨리 일을 처리하고 싶은 시아버지는 세 시간이면 충분히 잤다며 아이를 시켜 며느리를 깨운 것이다. 남편은 야간 퇴근 후 잠 깨기 힘들다는 걸 누구보다 잘 알면서도 왜 나를 깨우는 시아버지를 말리지 않은 걸까.

　"애 엄마 이제 막 잠들었을 텐데 그냥 둬요, 급한 일 아니잖아요."

　한마디 거들어 주는 게 그렇게 어려운 일이었을까. 아버님은 세 살짜리 손녀를 시켜 고단하게 자는 며느리를 깨워야 할 만큼 그렇게 급했을까. 배려가 없는 이 집에서 며느리라 당연히 해야 하는 일이 어디까지인지 만감이 교차한다. 면사무소 왕복 20분, 일 처리 하는 데 10분, 고작 30분이면 해결될 일이었다.

쉬는 남편은 둘째를 보느라 30분을 할애할 수 없다는 게 이유가 되고, 야간에 퇴근한 나는 잠자리에서 일어나 일 보러 다녀오는 게 문제가 되지 않는 상황이 개탄스럽다. 싸우기도 싫고, 빨리 면사무소에 다녀오고 싶은 시아버지 눈치도 불편해 얼른 모자를 쓰고 외투를 입었다.

"면사무소 갔다 올게. 애기 보고 있어."
"안돼! 데려가, 나 청소할 거야."

조금 전까지만 해도 둘째를 보느라 시아버지와 외출하지 못한다는 남편이 이제는 청소 때문에 둘째를 데려가란다. 기가 찬다.

남편은 '남의 편'이라는 농담의 현실판이 내가 선택한 남자였다. 배려가 없는 남편도 모자라 배신감 가득 안겨 주는 남의 편을 자처하는 남편이라니. 내 선택을 재차 의심하게 만든다. 이럴 때마다 어디서부터 후회해야 할지 모르겠다. 아무리 철부지였어도 시집살이만큼은 자청하지 말아야 했을까. 4대 독자인 것을 알았을 때 바로 헤어져야 했을까. 홀시아버지 못 모시니 나나 아버지 둘 중 하나를 선택하라고 말했어야 했을까. 어디서부터 잘못된 선택이었을까.

'우리끼리 살았더라면' 하는 후회에서 벗어날 수가 없다.

시아버지가 주는 서운함이 남편에게 늘어놓는 몇 마디 하소연으로 풀리는 가벼움이 아니라는 사실, 남의 편 같은 남편을 다른 이처럼 그냥 넘길 수 없다는 사실이 마음을 어지럽힌다.

나름 어린 나이에 좋은 마음으로 선택한 시댁살이인데, 아들한테는 안 되는 일이 며느리한테는 그래도 되는 일상이라는 게 가혹하고 신물이 난다.

오늘은 콩나물비빔밥 어때요?

억장이 무너지던 그날,

친정엄마의 자존심과

내 자존심은

콩나물과 함께

쓰레기통에 처박혔다.

결혼하면 효자가 된다는데, 나는 전 세계에 닥친 코로나 19 팬데믹으로 인해 효도는커녕 친정엄마를 시아버지가 있는 집에서 사돈살이시켜야 했다. 팬데믹 당시 친정아빠가 택시 기사라서 코로나바이러스 노출 위험도가 높아 친정에 애들을 맡길 수 없다는 생각에 이기적인 선택을 한 것이다.

아이들은 안전해야 하고, 우리 일상과 생계는 흔들리면 안 된다는 핑계로 친정엄마의 불편을 알면서도 막무가내로 이해를 요구했다. 그런 딸의 속마음을 뻔히 아는 친정엄마는 자신의 불편함을 감수하고 사돈살이를 시작했다.

"엄마는 우리 집에 애들 봐 주러 온 거야. 그러니 집안일은 우리가 해야 해."

"누구든 쉬는 날이면 엄마는 집에 보내 줘야 해."

"엄마, 다른 사람 때문 아니고 우리 애들 봐 주러 오는 거야. 잊지 마."

불효인 걸 알면서도 내 마음의 짐을 조금이나마 덜어 보겠다고 남편에게 신신당부하며 둘째 방에 침대를 놓았다. 부부가 맞벌이라 엄마는 밤이고 낮이고 아이들을 돌봤다. 그런 엄마의 배려 덕분에 남들이 hell을 외치는 코로나19 팬데믹에 우리는 큰 문제 없어 다행이라고, 엄마가 얼마나 희생하고 있는지도 모르는 채 혼자 속 편한 소리를 하고 있었다.

하루는 오후에 퇴근하고 돌아왔는데 엄마가 거실에서 빨래를 개고 있었다.

"엄마, 아직도 집에 안 가고 뭐 해?"

"사위가 너무 피곤해 보여서 조금 더 자라고 했어."

"근데 빨래를 왜 엄마가 해? 애들 아빠가 할 일인데?"

"집에 그냥 있으면 뭐 해. 손 남는 사람이 하는 거지."

"엄마! 엄마는 여기 빨래하고 밥하러 온 거 아니라고 말했잖아. 엄마는 애들만 봐 줘! 밥이랑 빨래랑 청소는 우리가 한다고."

엄마 손에서 거칠게 빨래를 뺏는데 잠에서 깬 남편이 머리를 긁으며 나왔다.

"여태 자면 어떡해! 엄마 집에 보내야지! 그리고 빨래는 당신이 하기로 했잖아!"

"엄마, 우리 집 살림은 우리가 알아서 할게. 자꾸 엄마가 해 주면 당연하게 여긴다고!"

분개하는 나와, 사위 편들며 나를 말리는 엄마. 이러자고 엄마를 사돈살이시키는 게 아닌데 매번 부부 싸움 핀잔이 친정엄마에게 향하는 것 같아 신경질이 났다. 그 후로도 몇 번 살림하거나 친정 아빠랑 먹겠다고 장아찌를 담그는 엄마를 봤지만, 역정만 낼 수는 없어서 모른 척했다. 그때부터 친정엄마가 본격적으로 눈치를 보게 된 것도 모르는 채 말이다.

어느 날은 평소보다 퇴근이 빨라 집에 일찍 왔는데 엄마가 또 주방을 서성이고 있었다.

"엄마, 주방에서 뭐 해?"

"너 퇴근하고 오면 힘들까 봐 밥만 해 놓으려고."

"나 하나도 안 힘들어! 밥하지 마! 내가 옷 갈아입고 나와서 할게."

안방으로 들어서는 찰나에 현관문이 열리고 시아버지가 큰 상자 하나를 들고 들어섰다.

"오늘 저녁은 콩나물비빔밥 어때요? 옆 동에서 콩나물 상자가 남았다고 주네요."

이게 무슨 소리야? 지금 시아버지가 엄마한테 저녁밥 하라고 하는 건 아니겠지? 귀를 의심할 겨를도 없이 엄마는 대답과 함께 콩나물을 싱크대에 쏟고 물을 틀었다. 안방으로 들어가던 걸음을 멈추고 주방으로 다시 나오니 엄마는 콩나물을 씻고 시아버님은 소파에 앉아 TV 볼륨을 높이고 있었다. 아무래도 이 모습이 하루 이틀 같아 보이지 않아 말문이 막혔다.

"지금 콩나물밥 만들게? 나도 안 먹고, 애 아빠도 안 먹고, 애들도 안 먹는데 그걸 왜 해?"

"사돈 어르신이 드시고 싶다니까."

"그러니까 엄마가 왜 그걸 하냐고?"

싱크대에 쏟아진 콩나물을 상자에 거칠게 담는데 이를 보던 시아버지가 TV를 끄고 기분 나쁘다는 듯 거친 발걸음으로 2층 방으로 올라갔다. 콩나물 상자를 집어 던지고 싶었지만 그럴 수 없어 상자를 잡은 손만 바들거렸다.

손녀를 봐 주러 어렵게 온 사돈한테 저녁밥을 하라는 말을 어찌 저리도 쉽게 뱉을 수 있을까. 친정엄마는 그저 딸자식이 힘들지 않길 바라는 것인데, 그게 사돈에게 하대받을 이유일까. 혹시나 자기 때문에 며느리인 딸이 힘들어질까 봐 친정엄마는 몇 번의 수모를 참아왔을까. 내가 보지 못하거나 못 본 척했던 수많은 날이 얼마나 되는 걸까.

자식이 불행한 삶을 사는 것이 가장 큰 불효라는데, 나는 우리 엄마한테 지울 수 없는 불효를 얼마나 하고 있었던 걸까.

속이 문드러져 울컥 눈물이 차올랐다.

결혼해서 효도까지는 못하더라고 불효 중의 불효자를 자처하는 내 모습이 너무 죄스러웠다. 억장이 무너지던 그날, 친정엄마의 자존심과 내 자존심은 콩나물과 함께 쓰레기통에 처박혔다.

어떤 부부가 이혼하는 걸까?

처녀 시절,

가끔 감기에 걸려 콜록거릴 때도

큰일처럼 여겨 주는 상대 때문에

일부러 감기에 걸리기를

기다리기도 했다.

그러면 안 되는 걸 알면서도 사랑으로 전해지는 온기에 아픈 걸 잊어버릴 만큼 행복한 시절이라 더 그랬다. 하지만 결혼하고 아이가 생기자 '엄마는 아프면 안 된다'라는 말이 농담이 아닌 조언이 되었고, 아파도 늘어져 있을 수 없게 되면서, 아픈 게 가장 싫어졌다.

　아프다고 침대에 누워 있으면 순식간에 아이를 방치하는 엄마, 집안일을 미루는 게으른 아내가 되었다. 그러다 보니 아프면 나만 손해고, 아픈 나만 억울할 뿐이었다.

　큰아이가 다섯 살일 때 한번은 퇴근할 때부터 컨디션이 예사롭지 않더니 집에 와 저녁을 하려는데 몸이 춥고 떨렸다. 체온을 재 보니 빨간불과 함께 40이라는 숫자가 표시됐다. 열을 확인하고 나니 몸이 더 아파지기 시작했다.

해열제 두 알을 입에 털어 넣고 저녁밥을 겨우 하고 있는데 남편이 퇴근했다.

"나 지금 열이 많이 나서 밥 못 챙겨 줄 것 같아. 아이랑 밥 먹고, 애 좀 씻겨서 같이 자. 상태를 보니 아무래도 일반 감기는 아닌 것 같아."

미우나 고우나 아이를 믿고 맡길 사람인 남편이 집으로 돌아와 안도했는데, 내 말이 끝나기도 무섭게 '휴~' 하고 내뱉는 한숨에 잠시나마 기대했던 나 자신이 한심하게 느껴졌다.

"나도 종일 일하고 지금 왔는데, 대충 재우면 안 돼?"

아무리 데면데면한 사이라 해도 '괜찮아?' 한마디는 할 수 있는 것 아닌지. 아픈 나를 간호해 달라는 것도 아니고 자기 자식 밥 챙겨 먹이고 재워 달라는 말에 피곤해서 싫다는 게 맞는 상황인지 어지러웠다.

"밥 먹이고 씻겨서 재우기만 해. 설거지는 내일 내가 할 테니까."

  우리 자식인데 아이를 부탁하고 아파야 한다는 게 서러워 침대에 눕자 눈물이 났다. 고열과 관절 마디가 쑤시는 통증보다 남편이라는 사람이, 아이 아빠라는 사람이 우리를 대하는 태도가 더 마음 아팠다. 다음 날 독감 진단을 받고 병원에 입원했다.

  사랑에 눈이 멀어 주변 만류를 뿌리치고 선택한 남자가 저 사람이라는 것이, 우리 아이를 믿고 맡길 수 없는 아빠도 저 사람이라는 것이 답답했다. 병원에 누워 있는 사흘간 괴로울 것 같았다. 더는 남편에게 기댈 이유가 없었다. 결국 퇴원할 때까지 아이를 친정에 부탁했고, 남편은 그런 아이를 친정에서 데려오지 않았다.

  그날의 서운함은 무거운 돌덩이가 되었고, 이후 사소한 일이 생길 때마다 작은 돌덩이가 차곡차곡 쌓였다. 더는 돌덩이를 담을 공간이 남아 있지 않을 때 속 터놓고 이야기하는 지인에게 이혼은 어떤 사람들이 하는 건지 조심스럽게 물었다.

"혹시 너 맞고 살아? 아니면 남편이 바람 피워?"
"아니, 그런 건 아닌데, 내가 힘들고 답답해서. 집에 오는 남편이 싫어서 입에 담지 못할 생각을 하고 사는 게 맞나 싶어서. 애한테 아빠 욕하는 엄마가 옳은가 싶기도 하고."

내 대답에 상대는 기가 찬다는 얼굴로 '별거 아니면 애들 봐서 참고 살아'라는 뻔한 답을 했다. 부부는 평행선이기에 같은 방향으로만 잘 가면 잘 사는 거라고, 부부클리닉 다녀와도 자식 때문에 눈 감고 사는 사람 많다고, 죽고 사는 문제 아니면 가볍게 생각하라고 다독이는 손이 차갑게 느껴졌다.

혼자가 아님에도 혼자일 때보다 더 아프고 버거운데, 정말 별일이 아닐까. 누구는 이런 삶에 지쳐서 죽기도 하던데, 이건 죽고 사는 문제에 속하지 않는 걸까.

이혼율이 점점 더 높아진다는데, 그 사람들은 다 부부클리닉이나 뉴스에 나올 법한 이유로 이혼한 거라면 이 나라는 벌써 범죄의 도시가 되고도 남았겠다.

오늘도 쌓이는 감정이 턱 끝까지 차올라 아무 말도 없이 자는 남편 모습이 경멸스럽게만 보인다. 이런 게 이혼 사유가 되지 않는다니, 체하기라도 한 듯 거대한 돌덩이가 가슴을 짓누르는 기분이다.

결혼할 때는 '사랑한다'는 이유 단 하나면 충분했는데, 이혼할 때는 '사랑하지 않는다는' 단 한 가지 이유로 충분하지 않다니 갑갑하다.

성격 차이가 아니다

연예인이

이혼할 때 말하는

주된 이유는

대부분

성격 차이다.

그러나 우리는 성격이 극과 극이지만 이를 이혼 사유로 들기에는 서로 균형을 맞추는 일이 더 많다. MBTI로 우리를 구분하자면 나는 현실주의 극T와 계획형 J, 상대는 감성주의 극F와 즉흥적 극P다. 서로 정반대지만 조화롭다. 극T인 내가 이해하지 못해 붉으락푸르락하면 감정적인 F가 중화시키고, 즉흥적인 상대가 기분대로 소비하거나 여행을 잡으면 극J인 내가 제어했다. 그런 만큼 성격 차이는 우리의 이혼 사유에 해당하지 않았다.

　　그렇다면 나는 왜 이 남자와 헤어지길 이토록 바라는 걸까.

　　지금 내 삶에서 이 남자의 역할은 무엇일까.

　　자식이 있는 엄마인 내가 이혼을 갈망하는 이유는 무엇일까.

우울함에 잠식되어 가는 나를 구하기 위해서는 배우자에게 느끼는 서운함 외에 시아버지를 모시는 며느리와 자식을 가진 엄마라는 이름을 지우고 여자로서 10년째 이혼을 갈망하는 이유를 찾아야 했다.

좋은 점만 있는 사람과 함께 살아도 힘든 게 결혼이고, 다 좋은데 치명적인 단점 하나 때문에 헤어지는 게 결혼이라고 했다. 신중해야 하는 결혼이었는데 어쩌면 시작부터 단추를 잘못 끼운 게 아닐까 돌아보았다.

나에게 결혼은 도피였다. 성인이 될수록 내 인생의 오점은 친정아빠라는 생각이 깊어졌다. 어디서도 인정받지 못하고 우리 엄마를 피 말리는 무책임한 남편이자 자식은 안중에도 없는 친정아빠가 싫었다. 친정에서만 벗어나면 날개 달린 듯 훨훨 날아갈 것 같았다. 그렇게 선택한 합법적인 도피가 결혼이었다.

배우자는 누구나 칭찬하는 착한 사람이었다. 매번 약속에 늦어도 화낼 줄 몰랐고, 친정아빠 때문에 힘들어하면 위로하고 치부를 눈감아 줄 줄 아는 사람이었다. 내 도피에 이만한 안전지대는 없으리라 확신했다. 나를 품었으니 살다가 보이는 큰 단점 하나쯤은 눈 감아 줄 자신이 있었다.

하지만 그건 도피를 인정하고 싶지 않은 오만이었다. 결혼하고 얼마 지나지 않아 '그것 하나 때문에 헤어지는 거야'라는 말이 정당함을 보여 주듯, 나는 상대의 단점을 품어 주는 사람이 될 수 없음을 깨달았다. 결혼 3개월째, 계획에 없던 첫 아이를 임신한 순간부터 남편의 착함은 배려와는 차원이 다른 문제임을 직감했다.

가족 외출이 있을 때면 우리 집에서 머리부터 발끝까지 세팅하는 사람은 남편이었고, 남겨진 아이와 쌓인 집안일을 보지 못하는 사람도 남편이었다. 외출은 우리 세 식구가 하는데 남편과 아이는 나들이 장소에 가는 사람 같고, 나는 동네 마트 가는 아줌마 복장 그대로였다.

"차에서 기다릴게."

외출 준비가 끝났다는 저 말을 들으면 기운이 빠졌다. 차에 탄 후에야 바짝 마른 입술을 확인할 때면 옛날에 슬리퍼 신고 나들이 가던 삶에 찌든 우리 엄마를 보는 것 같아 거울 보기가 싫었다.

아이를 낳아도 반짝이는 엄마, 예쁜 아줌마가 되고 싶었는데 어린 시절 피로와 고단함에 찌든 친정엄마를 닮아 가는 현실이 두려웠다. 내 부모님처럼 언젠가는 남편이 '변하겠지' 하는 생각을 붙잡고 오십이 넘도록 싸우며 살게 될까 봐 무서웠다.

그럴 때마다 이혼이 더 간절해졌다. 하지만 무엇 때문에 이혼을 고민하는지 본질을 보려고는 하지 않았다. 그러다가 둘째를 낳고 빚을 늘려 책임의 강도를 높여 나를 스스로 주저앉혔다. 아비 없는 자식을 만들지 말자고, 내 결혼에 오점을 남기지 말자고, 버티는 게 최고의 삶이 될 거라고 억척스럽게 마음을 다잡았다.

한번은 오후 1시에 출근해야 하는데, 8시 30분에 큰아이를 등원시킨 배우자가 9시가 되고 10시가 되고 12시가 되어도 집에 오질 않았다. 이쯤이면 남편이 둘째를 봐 주고 나는 출근 준비해야 하는데, 전화는 계속 음성사서함으로 넘어가고 남편은 집에 오질 않으니 슬슬 몸이 달았다.

"무슨 일이 있나? 그러면 분명 어디서든 전화가 왔을 텐데."

초조함이 점차 짜증으로 변했다. 격해진 감정에 시아버지 앞에서 남편을 욕했다. 아니, 더 솔직하게 말하자면 '당신 아들이 이렇게 무책임하다고'라고 말하고 싶었다. 그런 내 모습에 시아버지는 자신에게 아이를 맡기고 출근하면 될 걸 뭘 그리 극성이냐고 몇 마디 거들었지만, 듣고 싶지도 않고 화도 참고 싶지 않았다.

오후 1시, 이제 진짜 집에서 나가야 할 시간이다.

둘째를 어떻게 해야 하나 속이 타들어 갈 때 남편이 부랴부랴 현관문을 열고 들어왔다.

"미안, 세차하느라 전화 온 줄 몰랐어. 1시니까 안 늦었지?"

"지금 그걸 말이라고 해? 출근하는 아내 대신 자식 돌보는 것보다 세차가 더 중요해서 이 시간에 오는 게 말이 돼? 나랑 애는 안중에도 없어?"

그동안 인정하기 싫어서 외면했던, 절대 남편으로 맞이하고 싶지 않았던, 친정엄마를 고달프게 하는 친정아빠를 닮은 사람이 남편이라는 이름으로 눈앞에 있었다. 그리고 이기적인 배우자 때문에 자신의 일상을 포기해 버린 엄마를 닮아 가는 내가 있었다. 10년간 이혼을 고민했던 이유가 그제야 똑바로 보였다.

나는 아내와 엄마이지만 여자인 내 삶을 포기하고 싶지 않았던 것이다. 나의 이혼 사유에는 성격 차이가 해당이 없다는 것이 확실해졌다.

엄마 미안해

'기혼자가
자기 생일을
대단한 날처럼 챙기는 여자가
몇이나 되겠어?
다들 그렇게 살 거야.'

이렇게 합리화하며 카카오톡 알림조차 차단해 버린 생일, 특별하지 않은 척 서운하지 않은 척 보내는 생일, 바로 기혼자인 내 생일이었다.

"됐어, 생일이 별건가."

생일날이면 축하받기도 전에 끓이는 미역국과 굽는 고기가 내 것이 아닌 반찬만 늘어난 밥상, 애들 고기 먹인다고 분주하게 움직이다가 뒤늦게 한 술 뜨는 다 식어 버린 미역국. 처녀 때는 손꼽아 기다리던 생일이 기혼자가 된 지금은 차가운 미역국과 다르지 않기에 실망이 싫어 더더욱 특별함을 기대하지 않았다.

"애들도 아니고 아빠가 무슨 생일이야. 서운하면 직접 선물 하나 사."

배우자에게도 나처럼 생일은 별반 다르지 않은 날이라고 강요했다.

그런 나와 다르게 친정엄마에게 내 생일은 변함없이 소중하고 특별했다. 엄마는 딸이 자기 생일만큼은 즐겁고 행복하게 보내길 바랐다.

1985년 내가 태어날 때만 해도 가정 분만이 당연했다. 안타깝게도 나는 역아 상태였고, 자연분만할 수 없어 제왕절개를 해야만 했다. 하지만 만만치 않은 병원비 때문에 수술을 결정하기가 쉽지 않았다. 결국 할아버지는 며느리 목숨과 바꿔야 할지도 모를 손녀 때문에 하나뿐인 소를 팔았고, 할머니에게는 귀한 소를 팔아 얻은 게 하필 손녀였다. 아들을 못 낳은 엄마는 몸조리가 끝나기도 전에 시집살이를 다시 시작해야 했지만, 엄마에게 나는 특별한 첫아이였다.

"생일인데 갖고 싶은 거 없어? 엄마가 미역국 끓여 줄게 집으로 와."

 "됐어! 생일이 별건가. 나 미역국도 안 좋아해. 저녁에 외식하고 끝낼 거야."

 병원비가 없었다면 목숨을 내놓아야 했을지 모를 딸이라고, 고단한 시집살이에 버팀목이 되었던 딸이라고 아직도 얘기하는 엄마. 그런데 자기 생일이 별거 아니라고 말하는 딸을 볼 때 엄마 기분이 어땠을까.

 20년이 훌쩍 넘는 결혼 생활에 자기 생일을 잊어버린 자신을 닮아 가는 딸을 보는 마음이 어땠을까.

 "이거 얼마 안 되는데 가지고 있다가 맛있는 거 사 먹어."

 엄마는 굳이 생일날마다 불러서 쌈짓돈을 챙겨 준다. 그런 엄마가 꺼져 가는 내 삶을 응원하는 것 같아 안타깝다.

 자기 생일마저 스트레스가 되는 일상은 둘째를 임신하고 우울증이 찾아오면서 시작되었다. 막달까지 일하느라 통

퉁 부은 다리를 잡고 소파에 누워 잠든 날이 며칠이나 되는지 셀 수가 없다. 우울증 강도는 생각보다 강했고, 캄캄한 감정 때문에 남편의 사사로운 말은 비수가 되어 꽂혔으며, 시아버지의 밥 타령과 외출 타령에 진저리가 났다. 출산 후에는 내 옆에서 반짝이는 두 아이마저 버겁게 느껴졌다. 빠져나올 수 없는 늪에 빠진 것만 같았다.

둘째를 출산하고 100일 지났을 때 내 생일이 돌아왔다. 몇 년 챙기지 않은 생일인데, 이날만큼은 생일을 핑계 삼아 늪에서 해방되고 싶었다.

"생일날 잠깐 다녀올 때 있는데 그날 근무가 뭐야?"
"출근이지."
"혹시 연차 못 쓸까?"
"지난번에 출산 휴가 써서 눈치 보여."
"다음 나 쉬는 날 가"

많은 걸 바라지는 않았다. 어렵게 부탁한 하루, 아니 반나절이었는데 아내인 내 상태를 보지도 않고 단칼에 베어

버린 거절은 차갑고 혹독했다.

생일이라는 핑계로 딱 하루만 혼자서 시간을 보내고 싶었다. 아닌 반나절만 내가 가고 싶은 곳에서 몇 시간만 보내면 씩씩하게 일상으로 돌아올 수 있을 것 같았다. 그러나 기대는 역시나로 끝났고, 친정엄마가 안타깝게 쥐여 주는 쌈짓돈만 주머니를 무겁게 채웠다.

생일마다 느끼는 서운함, 특별하지 않다고 고집하기에는 숨겨지지 않는 섭섭함이 잿빛 얼굴에 드러난다. 나는 괜찮다는 거짓에서 벗어날 수 없는 것인지, 벗어나지 못하는 것인지 모르겠다. 만약 내 딸이 이런 모습이라면 미루어 짐작하지 않아도 가슴이 미어지는데, 몇 년을 그렇게 살고 있는 내 모습을 보는 친정엄마는 오죽할까.

친정엄마에게 하나뿐인 딸이 소중하고 귀하게 자신을 사랑할 줄 모르는 자식이라서, 엄마가 쥐여 준 쌈짓돈에 유난히 마음이 아프고 미안하다.

포스트잇 부부

기혼 여성들이 모이면
대화는 주로 남편 이야기,
자식 이야기로 흐른다.
내가 참여하는 친목 모임도
별반 다르지 않다.

늘 남편과 자식을 칭찬하다가 흉봤다가 자랑하는 등 비슷하다. 이날도 그런 날 중 하나로, '아이 없이 남편과 둘이 어디까지 할 수 있는가?'라는 주제가 화두에 올랐다.

1. 둘이 카페에 갈 수 있다.
2. 쇼핑할 수 있다.
3. 영화 볼 수 있다.
4. 여행 갈 수 있다.

객관식 항목 나열인데도 여기저기서 한숨과 손사래 리액션이 터지는가 하면, 어디까지 할 수 있다 없다 의견이 분분했다. 반면 열띤 논쟁 사이에서 아무 말도 할 수 없는 나는 애꿎은 빵만 조각내고 있었다.

나는 종종 말이 많다는 소리를 들을 만큼 말하기를 참 좋아하는 사람이다. 그런 내가 유독 남편 이야기만 나오면 꿀 먹은 벙어리가 되고 손은 불안한 사람처럼 분주해진다. 대화가 거의 없는 우리 부부는 오직 육아와 가사, 가족 행사 전달을 위해 포스트잇으로 전달 사항을 주고받는 사이였다.

처음부터 대화가 없는 부부는 아니었다. 하지만 일하는 아내이자 며느리인 나의 고단함을 인정해 주지 않는 남편에게 억울함이 쌓이고 짜증이 심해지면서 말끝마다 싸우게 되었다. 그게 싫어 입을 닫으면서 점점 둘 사이에 대화가 사라졌다.

문제는 대화의 단절이 아니라 그로 인해 소홀해지는 부부 사이였다. 의무 관계가 무너지면서 심각성이 드러났다. 감정의 문을 닫은 나는 부부 관계를 거부했고, 남편은 감정적 싸움과 별개로 부부 관계를 원했다.

말하기 싫어 포스트잇으로 오가는 대화가 전부인 우리

상황은 안중에도 없는 남편의 모습이 기가 찼다. 집에서 종일 인상 쓰고 잔소리를 달고 있는 아내를 이상하게 여기지 않는 남편이 어처구니없었다. 잠자리를 거부했다고 감정을 고스란히 토해 내는 남편에게 진저리가 났다. 변해 가는 나를 이해하려 하지 않고 자기 욕구만 채우려는 남편의 행동은 부부 의무를 가장한 이기심으로 밖에는 보이지 않았다. 그래서 더욱 남편이 남자로 감당해야 하는 괴로움은 그 사람 몫으로 남겼다.

  그렇게 감정으로 멀어지니 남편 숨소리만 들려도 가슴이 답답했다. 시간이 지날수록 같은 방을 쓰기가 불편했다. 남편이 내 곁을 스치기만 해도 소름이 끼쳤다. 나중에는 나라는 존재가 남편의 성욕을 채워 주는 매춘부가 된 것 같은 기분까지 들어 같은 방을 쓰는 것이 불쾌해졌다. 각자 방을 쓸 수 없는 날이면 따로 침대를 쓰고, 아무 의미 없는 상대의 움직임에도 온 신경이 곤두섰다. 물론 상대도 매번 욕구 충족뿐만이 아니라 무너진 부부 관계를 회복하기 위해 잠자리를 요구했다는 것을 알지만 쉽게 수용되지 않았다.

몇 년간 부부 관계를 거부당한 남편이 하루는 진지하게 대화를 시도했다. 하지만 내 대답은 차갑다 못해 매정했다.

"그렇게 힘들면 밖에서 해결하고 와."
"그게 할 말이야!"

진심이었다. 매춘부가 된 것 같은 기분으로 일상을 이끌어가기엔 너무 힘들었기에, 욕구 충족이 되지 않아 힘들어하는 상대에게 내가 할 수 있는 최선의 배려였다.

자존감이 낮으면 행복할 수 없다는데, 그 당시 나는 자존감이 바닥을 뚫고 내려가 지하 몇 미터쯤에 있었기 때문에 남편이 나 때문에 바람을 피운다 해도 불행하지 않다고 말할 지경이었다. 다행히 남편이 바람을 피우거나 밖에서 다른 짓을 하지는 않았지만, 그때로 다시 돌아가도 나는 같은 말을 했을 것이다.

'남편이랑 있으면 내가 매춘부가 된 것 같아.'

누구에게도 털어놓을 수 없는, 어쩌면 내가 문제라는 지적으로 되돌아올 고통스러운 이 말을 혼자 끌어안고 끙끙거리는 마음은 불이 꺼진 안방 앞을 지나 아이들 방으로 들어서는 나를 점점 위태롭게 했다.

엄마 아빠는 돈 벌어 오는 사람

결혼 2년 차가 지날 때부터

남편 외벌이로는

생계가 흔들리다 못해

기초 생활을

유지할 수 없을 정도였다.

결국 큰아이가 17개월이 되었을 때 경단녀 생활을 끝냈다. 출근길 어린이집에 들러 미숙아로 태어나 후천성 질환이 있는 큰아이를 등원시킬 때마다 아픈 아이를 돌보지 않는 엄마가 되는 것 같아 고통스러웠다.

　하지만 그것도 잠시, 고생한 만큼 월급으로 채워지는 통장 잔액은 직장을 놓을 수 없는 버팀목이 되었다. 또 전업주부일 때는 외출할 때마다 시아버지의 애정 섞인 간섭이 태클을 걸었는데, 출근하면서부터는 시아버지의 태클에서 어느 정도 자유로워져 직장맘을 더욱 고집하게 되었다.

　오죽하면 코로나19 팬데믹에도 맞벌이를 포기하기보다 친정엄마에게 사돈살이를 부탁하고, 멀어지는 부부 사이가 자녀에게 영향을 미치고 있는지도 모르는 채 출근을 일상의 중요한 일부로 여겼을까.

"엄마 출근한다."
"응, 잘 갔다 와."
"아빠 출근한다."
"응, 돈 많이 벌어와."

아침 풍경, 부모가 출근으로 집을 비워도 아이들은 개의치 않았다. 한편으로는 바짓가랑이를 붙들고 늘어지는 아이들이 아니라 다행이라고 생각하며 가벼운 발걸음으로 현관문을 나섰다.

"엄마, 이거 먹고 싶어."
"아빠, 이거 사 줘."

내가 편할수록 부모인 우리의 자리는 점점 작아졌다. 부모가 부재해도 엄마의 자리를 대신하는 외할머니가 있고, 아빠의 자리를 대신하는 친할아버지가 있기에 아이들 일상에도 조부모의 존재가 더 중요해지고 있었다. 아이들에게 우리는 먹고 싶은 거 사 주고, 갖고 싶은 거 사 주는 물욕 자판기일 뿐이었다.

코로나19 팬데믹으로 자녀가 있는 맞벌이 부부가 전국적으로 위기를 맞이했을 때 직장에 아쉬운 소리를 하지 않아도 된다는 점에서 덕을 보긴 했지만, 팬데믹이 차츰 안정화되면서 우리는 부모로서 위기를 맞았다.

작은아이가 세 살이 되면서 어린이집 등원이 가능해졌다. 이런저런 이유로 둘째의 어린이집 등원을 누구보다 간절히 희망했다. 작은아이가 어린이집에 등원하기만 하면 평범한 일상으로 복귀할 수 있으리라는 기대에 마음이 들떴다. 그런데 예상치 못한 문제가 기쁜 마음에 먹물을 뿌렸다. 매일 외할머니랑 집에 있던 작은아이는 어린이집에 적응하지 못하고 문 앞에서부터 경기를 일으켰다.

"애들이 처음에는 이렇게 적응 못 하는 경우가 있어요. 시간이 지나면 좋아질 거예요."

목 놓아 우는 아이가 안타까웠지만 시간이 해결해 주길 바라며 등원할 때마다 매섭게 떼어 놓았다. 어린이집에 가기 싫지만 단호한 엄마가 무서웠던 작은아이는 매일 억지로 등원했다. 그러던 어느 날 우리 대신 친정엄마가 하원을 시켰는데 작은 아이가 외할머니를 보자마자 바짓가랑이를 잡고 참았던 눈물을 폭포처럼 쏟아 냈다. 그날 이후 작은 아이는 외할머니와 분리불안이 생겼고, 한동안 엄마인 나를 믿지 못했으며, 아빠에게 낯을 가렸다. 결국 어린이집에서 퇴소했고, 희망은 물거품이 되면서 위태로운 부모도 그 자리를 벗어나지 못했다.

부모를 혼동하는 아이를 바라보며 열심히 살았다고 자부했던 나 자신이 가소롭게 느껴졌다. 맞벌이를 포기하지 않고 돈 욕심에 눈이 멀었던 우리 두 사람에게 격분했다. 자식을 위해 밤이고 낮이고 일한 대가가 참으로 처참하고 가혹했다.

조부모를 뺀 우리 네 사람을 식구라고 단정할 수 없었다.

지금 아이들에게 우리는 엄마 아빠가 아닌, 그냥 돈 벌어오는 두 가장(家長)이라는 사실이 가슴을 아프게 했다. 이렇게 내일을 또 살아야 한다는 막막함이 눈 앞을 가렸다.

우리 이대로 정말 괜찮을까.

가정법원에 서기까지 고작 7일

주변 모든 것이

내가

이혼할 수밖에 없는

이유로

채워지고 있었다.

조각이 잘 맞는 퍼즐처럼 하나의 형태를 갖추었고, 내 손에 쥔 마지막 조각만 끼우면 완성이었다.

"나도 이제 월급 받으면 내 돈 쓸 거야."

"너도 돈 버니까 각자 생활비 내고 살자."

10년 가까이 수많은 밤을 뒤척이고, 수백 번 상대를 원망하고, 수천 번 자멸하면서도 게으름 피우지 않고 돈 벌어 오는 남편이 있다는 사실에 참았다. 성실한 아빠 덕분에 아쉬움 없이 자식 키울 수 있다고 생각하며 견뎠다. 부부로 살며 나에게 남은 거라곤 경제력 있는 남편뿐이었는데, 상대는 이제 돈 벌어 오는 남편은 그만하고 돈 쓰는 남자가 되겠다고 한다. 더는 이 남자를 잡고 살 이유가 없다.

"집도 필요 없고, 재산 분할도 필요 없고, 시아버지 모신 거 위자료도 안 받을게."

"양육비 안 줘도 되니까 양육권과 친권만 양도해 줘."

"사흘 뒤에 애들만 데리고 나갈게."

2022년 8월, 큰아이 생일을 치르고 남편에게 이혼을 요구했다. 지칠 대로 지친 상대도 이혼하자는 아내를 잡을 이유가 없었는지, 아니며 할 테면 해보라는 배짱인지 별 반응을 보이지 않았다.

사흘 만에 짐을 정리하고 아이들을 데리고 나왔다. 집을 나서는데 시아버지가 큰아이 책상은 무거워서 버리기 힘드니 사다리차 오면 꼭 1층에 내려놓고 가라고 했다. 10년을 같이 산 며느리에게 하는 마지막 말이었다. 이 집에서 나의 존재 가치가 어땠는지 한 번에 증명해 주는 말 앞에 서글픈 마음과 지긋지긋함에서 벗어난다는 홀가분함이 교차했다.

이혼을 제안하고 단 7일 만에 가정법원에 섰다.

코로나19 팬데믹으로 부부 교육도 영상으로 끝나 조정 기간 3개월 동안 서로 얼굴 한 번 보지 않았다. 이혼 판정을 받는 날, 10년을 돌아온 이곳에서 판사의 질문에 '네'라는 세 차례 대답으로 우리는 법적으로 남남이 되었다.

막연히 이혼을 바랄 때는 헤어지면 잘 살 줄 알았다. 그러나 막상 이혼하고 나니 자유와 해방의 기쁨이 아닌 두려움이 앞섰다. 꼬리처럼 따라다니는 이혼녀 딱지에 위축되었다. 이혼에 대한 사회의 부정적 편견이 아이에게 피해를 주면 어쩌나 탄식했다. 싱글맘 경험이 없어 무엇을 먼저 해야 할지 몰라 심적으로 불안했다. 한 발짝 내디딜 수도 없을 만큼 눈앞이 캄캄했다.

'나부터 이혼녀 딱지가 무서워 벌벌 떠는데, 당당한 엄마가 될 수 있을까?'

불행을 피한 것인지 행복을 내쫓은 것인지 답답했다. 그렇다고 이혼 후 생활에 대해 조언을 구하자니 '그럴 줄 알았다'라는 비웃음만 돌아올 것 같아 자존심이 상했다.

혼자라는 버거움이 마음을 짓누를 때 라디오에서 들려오는 사연이 귀를 자극했다. 지극히 개인적인 이야기였는데, 라디오 진행자들이 얼굴도 모르는 사연자에게 진심 어린 응원과 격려를 아끼지 않은 모습에 울컥했다. 그 감정이 얼마나 강했는지 그 자리에서 해당 라디오 프로그램 사연 게시판에 이혼녀가 된 내 이야기를 써 내려갔다.

안녕하세요.

저는 서른일곱 살 새로운 삶을 선택한 여자이자 두 자녀의 엄마입니다.

저는 10년간의 결혼 생활을 정리하고 누구의 아내, 누구의 며느리가 아닌 두 자녀의 엄마로, 한 사람의 여자로 새로운 시작 앞에 섰습니다. 그동안 이혼이라는 단어를 쓰기가 버거워 이혼보다는 돌싱(돌아온 싱글)으로 나를 소개했는데, 이것이 이혼녀라는 딱지에 벌벌 떠는 내 모습을 극명하게 보여 준다는 걸 최근에 깨달았습니다.

이혼은 개인 사정임에도 주변에서는 '왜?'라는 질문을 던집니다. 마치 자식을 책임지지 않는 부모처럼 여기는 눈초리가 내포되어 있어 안타깝습니다. 결혼도 이혼도 사랑했던 두 사람이 하는 일인데 그것을 바라보는 시선의 차이가 극과 극이라 그저 숨고만 싶습니다.

(중략)

'이혼이란 나에게 시댁을 없애고, 상대에게 처가를 없애고, 우리를 본래의 자리로 되돌려 놓는 것이다.'

어느 날 제가 쓴 글처럼 나는 본래의 자리로 돌아온 것뿐 다른 사람이 된 것이 아닌데, 주변의 시선과 냉대에 여자로서 엄마로서 맞서 싸워야 하는 일이 참 버겁습니다. 두려움 앞에 채워야 하는 용기가 이렇게 어려운 일인지 새삼 배워갑니다.

누군가 제 이혼 사유를 묻기보다, 자식 있는 부모면서 이혼했다고 비난하기보다 저의 새로운 시작을 응원해 주었으면 하는 마음에 두서없는 사연을 남깁니다.

마지막으로 10년간 억척스러운 아내로, 며느리로, 안타까운 딸로 살아 낸 나에게 '고생했다'고 말해 주며 내일은 아름다운 여자로, 여전히 당당한 엄마로 빛나고 싶습니다.

두 페이지 남짓한 글을 쓰는 동안 가슴을 무겁게 짓누르던 두려움과 책임감이 한결 가벼워졌다. 며칠 뒤 라디오에 내 사연이 소개되었고, 개그맨 문천식 씨가 마음을 담아 응원해 주었다. 그의 응원에 마음이 단단해졌다. 나를 본 적이 없음에도 공감해 주는 청취자들 덕분에 눈가가 촉촉해졌다.

엄마로서 이혼은 이혼녀 딱지를 스스로 받아들이는 것부터 시작이었다. 누가 알면 어떡하나 전전긍긍하는 대신 내가 먼저 당당하게 말하는 것부터 시작이었다. 이혼을 앞두고 고민만 10년 했던 건 어쩌면 이런 시작이 엄두가 나지 않았기 때문이었는지 모르겠다. 사연에 남긴 마지막 말처럼 내일은 아름다운 여자로, 당당한 엄마로 빛나고 싶다.

PART 2

두 아이가 있는 돌싱이 되다

이혼을 배우다

일상은 배움에서 시작되고

일생은 배움의 연속이란 걸 알겠는데,

그것이 이혼 후까지

가슴에 새겨지는 배움이 될 줄

미처 몰랐다.

이혼은 새로운 시작이 분명하지만 결혼처럼 축하가 따르지 않고, 기혼으로 살아온 날들을 부정할 수 없고, 과거가 될 수 없다. 누군가에게 나는 여전히 누구의 아내 누구의 며느리로 기억되고, 미혼이 되었지만 결코 미혼이 될 수 없는 것이 바로 부모가 된 상태에서 하는 이혼이었다.

내가 배운 이혼은 이렇다. 새로 수정된 등본에 자녀를 등록할 때 아이들 아빠 인감과 동의서가 필요하다. 직장 의료보험에 자녀를 넣기 위해서는 사생활을 강제적으로 공개하는 고충을 맛보아야 한다. 이혼이라는 단어만으로 타인의 눈을 반짝이게 하는 이슈녀가 된다. 부정적 시선과 불쾌함을 견뎌 내야 하는 일이 비일비재하다. 생계를 유지하기 위해 아쉬운 소리를 스스럼없이 내뱉는 철면피가 되어야 한다. 부동산 매매 대출은 직장인 신용만으로 되지 않기 때문에 수없이 넘어지는 마음을 단단히 붙들고 다시 일어서기를 멈추면 안 된다. 결혼이 내적 스트레스와의 싸움이라면, 이혼은 고강도 내적·외적 스트레스와 매일 새롭게 치르는 전쟁이다.

이혼만 하면 시댁에서 벗어나 부부의 의무를 다하지 않아도 되는 자유와 해방을 누리리라 기대했다. 하지만 기대와 달리 이혼은 경험해 보지 않은 선택과 흔들리는 일상으로 인해 주저앉는 순간 실패하게 될 거라는 두려움이 나를 낭떠러지 끝에 세워 놓는 것이었다.

'이게 맞나?'
'충동적인 선택이었을까?'
'잘한 짓일까?'

넘치는 용기에도 넘어지기 쉬운 것이 이혼이었다. 방황과 좌절은 끝없는 시험대에 오르게 했고, 이혼에서 간절히 원하는 것은 무엇인지 알아내고자 하는 질문의 연속이었다.

나의 행복을 위한 선택이라는 점은 부정할 수 없지만, 과연 자식을 위해서도 옳은 판단이었는지 알 수 없었다. 이혼으로 허락된 자유와 해방이 긍정적인지 부정적인지 가늠할 수 없었다. 그저 답이 보일 때까지 지치지 않고 인내하는 일만 필요했다.

　당장 눈앞이 캄캄한데 그저 견디고 인내하기는 결코 쉽지 않다. 예상할 수 없는 선을 넘어 발을 내딛는 일은 이혼 서류에 도장 찍는 일보다 어렵다. 멍투성이 상태로 주저앉아 있으면서 내 삶의 온전한 가치를 찾는 일은 불가능에 가깝다. 그런데도 부모로서 이혼을 결심하고 이행했다면 아이들을 위해 나 자신을 믿고, 내 선택에 후회하지 않을 한 사람으로 서야 했다.

　결혼이 상대와 맞추고 자신을 참는 법을 배우는 일이라면, 이혼은 혼자 사회에 맞서고, 스스로 단단함을 채우고, 자신을 아끼는 방법이 무엇인지 깨닫는 일이다. 그렇기에 이혼은 누군가를 위한 헤어짐이 되어서는 안 된다.

오늘보다 내일의 내가 밝게 웃을 수 있는 날로 만들 용기가 쌓이고 쌓여 넘어져도 우뚝 서는 오뚜기 같은 사람이 되어야 한다. 만약 도피 목적으로 이혼을 선택했다면 아마도 나는 100% 실패한 돌싱이자 엄마가 되었을 것이다.

출근할 수 없는 엄마

배우자에게

사흘 뒤 아이들과

함께 나가겠다고

통보했다.

그리고 대출금 1,000만 원을 믿고 무작정 집을 구하기 위해 월세를 검색했다. 생각보다 많은 방이 검색되었고, 방 두 개짜리가 평이해 보였다. 금방이라도 우리의 새 공간을 마련할 기대감에 부풀어 바로 방을 보러 갔다.

첫 번째 집은 공간은 작지만 방 두 개, 거실 하나, 욕실 하나, 시스템 에어컨, 냉장고, 드럼 세탁기에 학교가 가깝다는 조건까지 빠지는 것이 없었다. 하지만 월급에 비해 월세가 너무 부담스러웠다. 집은 좋지만 내가 살 수 있는 공간이 아니었다.

두 번째 집은 구식 빌라였다. 입구부터 깨끗하지 않고 전구가 나간 지 꽤 오래된 조명도 마음에 들지 않는데, 애견 동반 입주가 불가능하다고 했다. 당시 큰아이의 불안을 달래기 위해 기르던 반려견을 떼어 놓고 올 수 없는 상황이라 이래저래 두 번째 집도 우리 공간이 될 수 없었다. 세 번째, 네 번째 집을 봐도 마음에 드는 곳이 없었다. 집이 좀 괜찮으면 등교하기가 불편하고, 학교 근처는 원룸이라도 가격이 터무니없이 비싸고, 방음이 문제고, 반려견이 문제였다. 심지어 거실 한가운데 에어컨 물 빠짐 배수관이 지나가는 곳도 있었다.

여섯 군데 가까이 집을 돌아봤지만, 55평에 살던 큰아이 입맛에 맞는 집은 단 한 곳도 없었다. 집을 볼 때마다 굳어지는 큰아이 얼굴을 보니 마음이 무거웠다.

"엄마, 우리 꼭 이사 가야 해? 그냥 아빠랑 살면 안 돼? 집이 너무 안 좋아."

"엄마는 더 이상 아빠랑 살 수가 없어. 엄마는 이사 가야 할 것 같은데. 네가 괜찮다면 아빠랑 살면서 엄마를 자주 만나는 걸로 할까?"

"싫어, 그냥 엄마랑 살래."

풀죽은 아이 얼굴에 슬픔이 가득했다. 내 욕심 때문에 아이를 아프게 하는 것 같아 마음이 미어졌다. 나 행복해지자고 아이를 불행하게 만들고 있는 것 같았다. 마지막 집을 보러 가는 발길이 쉽게 떨어지지 않았다. 이번에도 큰아이가 싫다고 하면 이혼을 물러야 하나 불안하고 두려웠다.

마지막 집은 5층짜리 다세대 주택이었다. 엘리베이터가 없어서 맨 꼭대기 층은 단독 공간임에도 월세가 낮은 편이라는 공인중개사의 말에 계단을 올라가는 발길이 더 무거웠다. 계단 끝에 올라 현관문을 여니 공간이 기이하게 분리되어 있긴 해도 1.5룸에 주방이 따로 있고, 화장실도 2개나 있었다. 지금까지 본 허름한 집에 비하면 쾌적해 보일 정도였다.

"엄마, 여기는 괜찮은 것 같아. 여기서는 살 수 있을 것 같아."

아까와 달리 큰아이 얼굴에서 어둠이 걷혔다. 더는 집을 보러 다니지 않아도 되고, 아이들과 함께 집을 나올 수 있게 되어 다행이었다. 이혼을 무르는 일이 없어서 안도했다.

직장에 며칠 휴가를 내고 분주하게 이사했다. 이삿짐을 정리하는 동안 새로운 보금자리가 생겼다는 마음에 다른 것은 확인할 겨를 없이 즐겁기만 했다. 하지만 아이들만 두고 출근하려는 야간, 미처 확인하지 않은 상황이 불안함을 잔뜩 데려왔다.

맨 꼭대기 층이라 옥상을 이용하는 다른 세대 사람들의 발걸음과 말소리가 문밖에서 바로 들렸다. 창문도 가스 배관이 가까이 있어, 마음만 먹으면 창문을 깨고 들어올 수 있는 구조였다. 가장 큰 문제는 개방형 현관이라 누구나 건물 안에 들어올 수 있고, 보조키가 없는 현관문은 번호만 누르면 바로 우리 공간으로 침범할 수 있을 만큼 허술했다.

'애들만 두고 나갈 수 있을까?'
'아무나 올라 올 수 있는 이곳에서 어른 없이 안전할까?'

'누가 문을 뜯기라도 하면 어쩌지?'

끔찍한 상상이 꼬리를 물면서 온몸에 소름이 돋았다. 이사를 결정할 때, 이삿짐 정리할 때 이런 허술함을 확인하지 않은 나 자신이 한심했다. 독립의 기쁨은 한순간 아이들의 안전을 보장받을 수 없다는 두려움으로 변했다. 아이들을 데리고 나올 때의 용기와 배짱은 어디로 갔는지, 아이들의 안전이 보장되지 않은 상태로는 출근을 감행할 수 없었다. 결근하자니 직장에 민폐고, 자칫 실직으로 이어져 생계가 위협당할 수도 있었다. 안전이 보장되지 않은 이곳에서는 엄마의 강인함도 무용지물이었다.

밖에 어둠이 깔리고 매정하게 출근 시간이 다가왔다. 나만 바라보는 아이들을 생각하니 독한 마음으로 현관문을 열 수 없었다. 결국 이혼한 딸을 보는 것만으로도 마음 아픈 친정엄마에게 전화를 걸고 말았다.

"엄마, 정말 미안한데 오늘 우리 애들하고 같이 있어 주면 안 될까? 나 도저히 출근할 수가 없어."

대출 지옥

결혼할 때

예물, 예단 싸움 없이

완만히 식장에 들어가면 좋듯이

이혼도 재산 분할, 친권 싸움 없이

가정법원에서 마침표를 찍는 게 좋다.

자녀가 있다면 더더욱 법정 싸움으로 자녀에게 트라우마를 남기지 않고 잘 헤어지는 것이 가장 이상적이다.

　이혼하면서 재산 욕심 안 낼 수 없고, 내가 희생한 몫을 안 챙길 수도 없겠지만, 그런 이혼은 남긴 재물보다 고단한 시간이 더 길고, 서로와 자식에게 상처를 남기는 헤어짐이 되기 쉽다. 그래서 나는 돈 욕심을 버리기로 했다.

　양육권과 친권만 주면 모든 것을 버리거나 포기할 수 있었다. 내 삶에 시댁을 빼고 두 아이의 엄마로 여자로 살아갈 수만 있다면 지금까지 감내한 시간의 보상으로 충분했다. 벗어나고 싶은 마음은 월세 보증금조차 없는 말 그대로 알거지 상태로 이혼을 감행했다.

적어도 10년 직장생활 이력이 있으니 굶어 죽지는 않으리라 자신했다.

월세 보증금을 마련하기 위해 생애 처음으로 대출을 받았다. 재직증명서와 원천징수영수증 두 장만으로 1,000만 원이 통장에 찍혔다. 배우자의 경제력 없이 내 근로 경력 10년으로 얻은 신용이 뿌듯했다. 시댁이나 배우자에게 우스운 사람이 되지 않았다는 생각에 쾌재를 불렀다.

시간이 지나면서 싱글맘 생활에도 차츰 적응했다. 고정 지출에 월세 60만 원이 딱히 부담되지 않았다. 그러자 우리가 조금 더 편하게 쉴 수 있는 집을 갖고 싶은 욕심이 슬슬 생겨났다. 때마침 집주인도 월세를 올리려고 처음 계약에서 애견 동반 입주 조건을 변경했다. 애견을 키우려면 예비 보수비로 월세를 더 지급하라는 것이었다.

'뭐가 아쉬워서 주인집 눈치를 볼까. 차라리 집을 사서 편하게 살자.'

그 길로 월세 대출을 받을 때처럼 재직증명서와 원천징수 영수증을 챙겨 은행으로 갔다.

"아파트 담보대출 받으려고 하는데 어떻게 해야 하죠?"

"매매 계약서 있으세요?"

"아뇨, 이제 알아보려고요."

"주택 청약은 있으세요?"

"있긴 한데, 시작한 지 얼마 안 됐어요."

"우선 매매 계약서를 가져오셔야 할 것 같습니다."

"네."

이게 험난한 여정의 시작이었을 줄이야. '세상에 대가 없는 내 것은 없다'라는 말이 무식한 나에게 주는 교훈인지도 모르고 자신감만큼은 이미 내 집을 마련한 사람과 다르지 않았다. 철이 없어도 너무 없고, 세상 물정을 몰라도 너무 몰랐다.

처음에는 무조건 돈이 된다는 아파트를 알아봤다. 아파트는 시세에 60%만 대출이 가능하다고 했다. 나머지는 자산으로 충당하고, 매매 계약서를 작성한 후 담보대출 가능 금액을 알아보는 게 순서였다. 자산이 없는 나에게는 불가능하다는 말과 같았다.

　다음으로 아파트보다 돈이 되지는 않지만, 담보대출이 80%까지 가능한 신축 빌라를 알아봤다. 이번에는 월세 1,000만 원과 자동차 할부가 빚으로 잡혀 발목을 잡았다. 둘 중 하나는 해결해야 대출이 가능했다. 와중에 전세 사기 업체도 만났다. 아무리 자산이 없어도 직장인이고 신용등급도 상위권인데, 어디에도 둥지를 틀 수 없는 나의 무능력함을 마주한 순간이었다. 입은 쓰고 어깨는 축 늘어지고 고개는 바닥으로 떨궈졌다. 우리 아이들과 지낼 수 있는 곳이라고는 월세가 전부라는 사실에 엄마로서 자신감이 사라지고 어깨가 더 없이 무거워졌다.

　"좋은 집으로 이사 가서 각자 방 하나씩 만들어 줄게."

　어쩌면 좋을까. 애들한테 친정엄마한테 큰소리쳤는데 아무것도 할 수 없다는 현실에 속이 뭉그러졌다.

내 집만 마련할 수 있다면 썩은 동아줄이라도 잡고 싶은 심정이었다. 그러던 중 학세권과 번화가 조건으로 다른 빌라보다 평수는 작고 가격은 비싸서 고사했던 신축 빌라 중 개업자에게 전화가 왔다.

"자동차 할부만 정리하고 지정 은행에서 매매 대출이랑 신용대출을 최대로 당기면 가능할 것 같은데, 와 보시겠어요?"

집을 살 수 있는 마지막 기회 같았다. 신용대출 이자와 매매 대출 이자가 제1금융보다 몇 배 높았지만 놓칠 수 없었다. 자동차 할부를 정리하기 위해 직장에 돈이 필요한 이유를 설명하는 고역을 마다하고 퇴직금 중간 정산을 받았다. 얼굴 붉어지는 건 잠시만 견디면 끝나는 일이었다. 뭉개져 있던 마음이 다시 기지개를 켰다.

약속한 날짜에 월차를 쓰고 이천에서 서울 구로 수협은행으로 대출받으러 갔다. 대출만 된다면 더 먼 길도 갈 수 있었다.

하지만 얼마 지나지 않아 '대출이 안 되면 어쩌지?' 불안한 마음에 내비게이션 안내를 여러 번 놓쳐 같은 길을 몇십 분째 돌고 돌았다.

다른 자동차는 쌩쌩 제 갈 길을 가는데 나만 길 잃은 미아처럼 한자리에서 멈춰 있는 느낌이었다. 좌측으로 빠지라는 안내가, 우측으로 빠지라는 음성이 이 도로 위로 또다시 돌려놓을 것 같아 두려웠다. 도저히 운전할 수 없었다. 대출받기도 전에 숨이 멎을 것만 같았다.

비상 깜빡이를 켜고 갓길에 차를 세웠다. 갑갑했다. 하지만 운전석 옆으로 무시무시하게 달리는 다른 자동차가 무서워 내리지도 못했다. 꼼짝없이 차 안에 갇힌 상황이 영락없이 주제 파악 못 하고 호랑이한테 덤벼든 하룻강아지였다.

약속 시간은 얼마 남지 않았는데 다시 운전할 용기가 없었다. 포기하고 차를 돌리고 싶었다. 하지만 좋은 집으로 이사 갈 거라고 기대에 찬 아이들 얼굴이 아른거려 차마

차를 돌릴 수 없었다. 모든 것이 멈춰버린 도로 위 내 두 볼에 눈물만 주르륵 흘렀다.

우리 집에 아빠 없다

"○○이 어머니, 안녕하세요."

"네, 원장님. 안녕하세요."

"시간 되실 때

어린이집에 한번 오실 수 있을까요?

꼭 오늘 아니어도 괜찮아요."

"혹시 아이가 어린이집에서 무슨 일 있었나요?"

"그런 건 아닙니다. 시간 되실 때 얼굴 보면서 드릴 말씀이 있어서요."

뚜뚜뚜. 전화가 끊기고 온갖 생각이 머릿속을 헤집어 놨다. 무슨 일일까? 일이 손에 잡히지 않았다. 하원한 아이에게 무슨 일 있었는지 물었지만, 아이는 평소와 다르지 않은 말만 했다. 답답함을 참을 수 없어 다음 날 바로 면담 약속을 잡았다.

집에서 어린이집까지는 걸어서 10분인데, 유난히 멀기만 했다. 어린이집에 도착하니 원장님이 따뜻한 차를 내주었다.

"어머니, 혹시 아버님과 무슨 일 있으세요?"

예상치 못한 질문이었다. 이혼을 일부러 숨기려고 했던 건 아니지만 아빠와 교섭이 있는 날에는 아이가 아빠와 하원하기 때문에 굳이 말하지 않았다. 그런데 원장님은 어떻게 알았을까.

"원장님, 그건 왜?"

"다름이 아니고 며칠 전에 ○○이가 교실에서 '우리 집에는 아빠가 없다'라고 말했거든요."

"그래서 아이들이 왜 그러냐고 물었더니, 아이가 모른다고 옛날 집에는 있다고 말했대요. 어쩌면 아이가 상처받았을지 몰라서 어머니께 연락드렸습니다."

"아, 그런 일이 있었군요."

"요즘은 부모 이혼이 문제가 되지는 않지만, 아이에게 바르게 전달해 주는 것은 중요한 일이라서요. 아이와 이야기를 나눠 보시는 게 좋을 것 같습니다."

몇 마디 조언과 격려를 받고 집으로 돌아오는 길이 아까보다 더 멀고 멀었다. 둘째는 태어나서부터 할머니와 시간을 많이 보냈고 심지어 할머니에게서 떨어지는 걸 불안해했다. 그런 네 살 아이 입에서 '집에 아빠 없다'라는 말이 나올 줄 몰랐다. 오히려 아빠와 관계가 탄탄한 큰아이가 아빠의 부재로 힘들어하면 어쩌나 노심초사했는데, 생각지도 못한 둘째에게서 아빠의 부재를 맞닥뜨렸다.

이혼을 결심할 때 평소에도 부부가 교대로 아이들과 시간을 보냈던 만큼, 이혼해도 부모가 각자 아이들을 챙기면 문제 되지 않을 거라 여겼다. 아빠와의 교섭이 자유로우면 아빠의 부재가 크게 티 나지 않을 거라고 헛다리를 짚고 있었다. 하지만 아이들에게 아빠의 자리는 생각보다 깊고 촘촘했다. 아빠가 같은 집에 살지 않는다는 것만으로도 아이들 마음에는 엄청난 파동이 일어나는 일이었다.

"옛날 집에서는 아빠랑 같이 밥 먹었는데. 아빠랑 엄마랑 언니랑 나랑 할아버지랑 같이 살았는데."

그제야 작은아이가 툭툭 내뱉는 아빠의 부재가 귀에 들리기 시작했다. 네 살짜리 둘째가 아빠를 그리워하는 방법이 보이기 시작했다.

부모가 된 후에 감행한 이혼의 매운맛이었다. 이혼은 남편의 자리, 아내의 자리만 비워 내는 것이 아니었다. 아무리 예쁜 포장지로 포장해도 자식에게서 엄마나 아빠의 자리를 무턱대고 빼앗았다는 사실은 변함이 없었다. 엄마인 내가 아무리 헤아리려 해도 가늠할 수 없는 영역이었다.

엄마인 내가 아무리 뛰고 날아도 영락없이 티가 나는 아빠의 부재, 부모가 이혼하면 남겨진 자식이 걱정이라는 말은 상대의 부재를 채울 수 없다는 말이었다. 아빠의 부재를 느끼는 자식을 바라보자니 마음이 아팠다. 내 이혼으로 자식이 희생양이 된다면 행복할 수 없었다.

아이들에게 아빠의 부재를 채우는 게 시급했다. 가장 먼저 아이들 아빠를 대하는 나의 태도에 변화가 필요했다.

부부로 살던 시절의 감정이 아이들이 아빠에 대한 그리움을 채울 때 걸림돌이 되지 않도록 내 마음을 먼저 정비하고 다듬었다. 그런 다음 아이들은 나만 키운다는 전제를 버렸다. 아이들이 아빠가 필요할 때 언제든 함께할 수 있도록 공간을 개방했다.

　처음에는 그런 시간이 유쾌하지 않았다. 아빠와 헤어질 때마다 눈물 글썽이는 큰아이를 보면 뿔이 났다. 하지만 내가 채울 수 없는 아빠의 부재를 나의 불편함과 서운함 때문에 잃게 할 수 없기에 꾹꾹 참았다.

　'엄마인 나는 변하고, 아내는 잊자.'

　나를 엄마로만 남겨 두는 연습을 수없이 반복했다. 1년쯤 지나자 시시각각 아빠에 대한 그리움을 토해내던 아이들이 눈에 띄게 줄었다. 하루아침에 변해 버린 일상에 아이들이 적응하는 속도에 가속이 붙었다. 부부로 살던 시간에 아내로서 쌓였던 앙금만 빼냈을 뿐인데, 아이들 삶의 질을 변화시키고 이혼 가정이라는 고통에서 벗어나는 아이로 키울 수 있었다.

부모의 이혼에 남겨진 책임은 부재한 부모의 자리를 그리움으로 두지 않는 것이다. 이혼과 상관없이 부모 그대로 아이 곁에 있는 것이다.

이제는 아빠와 헤어질 때 아이들이 울지 않는다. 아빠가 곁에 있다는 확신이 있기에 웃으면서 돌아선다. 그런 아이들의 모습을 볼 때마다 나의 이혼이 자식을 희생양으로 만들지 않았다는 생각에 안도감을 느낀다.

남편과 아빠는 다르다

누가 가르치는 것도 아니고
강요하는 것도 아닌데
이런 감정은
왜 이렇게 숙주처럼
빨리 자라는 걸까.

초등학교 6학년에 올라간 큰아이가 학교에서 학교 폭력 설문지를 받아 왔다. 부모가 자녀의 외적 환경 실태를 파악하고 있는지 확인하기 위해 매년 학기 초에 시행하는 설문 조사다.

　이혼 전만 해도 이 설문지가 별스럽지 않았는데 이번에는 사뭇 느낌이 달랐다. 작년과 똑같은 질문인데, 지금 내 상황이 달라진 까닭인지 문항마다 눈엣가시처럼 걸렸다.

　학교 폭력 피해를 누구에게 알려야 할까요?

　1. 부모님 2. 선생님 3. 경찰서

법적 보호자가 학교생활 및 친구들에 대해 질문을 자주
하나요?

1. 전혀 그렇지 않다 2. 보통이다
3. 그렇다 4. 매우 그렇다

대부분 이런 질문인데, 유독 부모 또는 법적 보호자라는
단어가 눈에 박혀 껄끄러웠다.

"네 법적 보호자는 누구라고 생각해?"

설문지를 보다가 대뜸 큰아이에게 엉뚱한 질문을 했다.
다행히 아이는 별 감흥 없이 '엄마'라고 대답했지만, 정작
엄마인 나는 내가 던진 질문에 얼굴이 붉어졌다.

'왜 이런 질문을 했을까?'
'이 질문이 아이에게 중요했을까?'

모두 잠든 밤, 아이 가방에 넣어 두었던 설문지를 꺼내

다시 읽었다. 이번에는 법적 보호자, 부모라는 단어에 고개가 숙여졌다. 기혼자로 사는 동안 배우자를 부정했던 습관이 이혼 후에도 남아 지금도 아이들에게서 아빠의 자리를 인정하지 않고 있었다. 아이들에게 좋은 부모는 엄마인 나 하나뿐이길 바라는 이기심에 차마 고개 들 수가 없었다.

남편이 싫은 아내로, 남자를 더는 사랑하지 않는 여자로 마침표를 찍었으면서, 타인의 시선으로부터 자식을 지키지 않는 매정한 부모는 되기 싫어 자식에게까지 아빠를 비워 내려고 했다. 내심 아이들 입에서 '아빠 없이는 살아도 엄마 없이는 못 살아'라는 말을 듣고 싶은 욕심이 이토록 사소한 것에도 고개를 내밀며 아이들을 내 이혼의 핑계로 삼으려 했다.

'아니다'와 '다르다' 구분 없이 '싫다'에만 초점을 맞춰 찍어 버린 마침표가 나에게서 남편의 의무를 없애 버린 것처럼 자녀에게도 아빠의 책임이 없다고 동일시하는 실수를 범하게 했다.

그날 밤 큰아이에게 엉뚱한 질문을 하는 대신 설문지 문항을 읽으며 엄마 아빠의 이혼과 상관없이 아이에게 법적 보호자는 '엄마 아빠 둘 다'라고, 학교생활을 하면서 어려운 일이 있거나 도움 청할 일이 있을 때는 엄마 아빠 누구에게든 연락해야 한다고 교육해야 했다. 엄마의 이기심으로 아이에게 올바른 조언을 하지 못했다는 뒤늦은 후회만 남은 밤이었다.

며칠 뒤 큰아이 손에 가정 실태 조사 설문지가 들려왔다. 지난번 일이 없었다면 아마 이 설문지를 들고 등본에 기재된 구성원만 적어야 할지, 혹은 등본에 없는 남편을 적어야할지 골머리를 앓았을 것이다. 하지만 이제는 안다. 나와 아이는 다른 존재고, 아이에게 부모는 언제나 엄마 아빠 두 사람이라는 것을.

자신을 사랑하지 않는 엄마

이혼이

혼자만의 일이라면 참 좋겠지만

현실은 자신을 포함해

가족, 자녀, 주변 지인까지

혼돈을 겪는 시간이다.

자신에게는 본인 선택이니 담담할 수 있고, 가족에게는 자식이나 형제 일이니 그럭저럭 받아들이고 이해한다. 그러나 자녀에게는 지진으로 땅이 꺼지고, 홍수로 집을 잃어버리는 자연재해 같은 하루아침 날벼락과 다르지 않다. 그렇기에 부모가 된 상태에서 이혼할 때는 자식이 받을 상처가 무엇보다 가장 무섭고 어떤 슬픔보다 단단히 마음먹고 감당해야 하는 부분이다.

자식에게 더는 부모가 싸우는 모습을 보이지 말고, 이전보다 더 아낌없이 사랑해 주자고 다짐하고 또 다짐하며 돌싱이 되었다. 하지만 두 아이가 있는 돌싱 세계는 이전과 완전히 다른 세상이었고, 엄마로서 사랑을 채워 줄 여유를 찾기 전에 생계를 유지하는 일이 급선무였다.

생계가 무너지면 어렵게 데려온 아이들을 전 배우자에게 보내야 하는 상황이었다.

여윳돈이 없는 내가 할 수 있는 것이라고는 쉬는 날까지 마다하지 않고 일하는 방법밖에 없었다. 아이들에게 일만 하는 엄마가 어떤 모습으로 보이는지도 모른 채, 돈 버는 만큼 자식이 행복해질 거라 믿고 버티며 좋은 날이 오기만을 손꼽아 바랐다.

"엄마, 나 도마뱀 키우고 싶어."
"엄마, 나는 시크릿 쥬쥬 갖고 싶어."

퇴근하는 엄마를 기다리는 아이들 입에서 나오는 말은 대부분 '갖고 싶어'였다. 처음에는 돈 걱정하지 않고 갖고 싶은 걸 말할 수 있는 아이들로 키우고 있다는 생각에 자식이 원하는 걸 사 줄 수 있는 엄마라 우쭐했다. 죽어라 돈 번 가치가 있는 것 같아 흡족했다. 때로는 피곤한 나에게 놀러 가자고 하는 대신 원하는 물건을 사 주면 하루를 쉴 수 있다는 사실이 고마웠다.

돈으로 대신하는 시간이 아이들의 보상 심리를 점점 키웠다. 큰아이 책상에는 도마뱀이 두 마리로 늘고 비슷한 장신구가 널브러져 있으며, 작은아이 장난감 상자는 넘칠 대로 넘쳤다. 두 아이에게 엄마 돈 쓰는 일이 일상이 되었고 엄마인 나는 지출을 막아야 하는 고단한 날이 늘었다.

돈을 버는 이유가 부족함 없이 아이들을 키우기 위한 것은 맞지만, 물욕을 채우는 수단은 아니었다. 이대로 살다가는 24시간이 아니라 48시간을 일해도 아이들을 행복하게 할 수 없고, 더 나아가 아이들을 지켜낼 수 없을 것 같았다.

"엄마, 나 이거 사 줘."
"안 돼!"
"엄마, 그럼 다른 거는?"
"안 된다니까!"

정신이 번쩍 든 날부터 아이들이 사 달라는 것에 태클을 걸었다.

몇천 원이든 몇만 원이든 꼭 필요한 물건이 아니면 사 주지 않았다.

"엄마는 우리를 사랑하지 않나 봐."

"아빠는 다 사 주는데 엄마는 안 된다고만 하잖아."

며칠 '안 돼'만 외치는 엄마에게 들려온 작은아이의 발언은 충격 그 자체였다. 일하는 엄마라서 미안함과 피곤함을 대신하기 위해 했던 지출이 아이들에게는 사랑으로 증명되고 있었다.

부모의 이혼이 아이들에게 물욕을 채우는 수단이 되도록 방치한 나의 어리석음이 적나라하게 드러났다. 어디서부터 잘못된 것인지 따져볼 정신이 없었다. 당장 엄마의 사랑을 물욕의 범위로 측정하는 아이들을 멈춰 세워야 했다.

모든 요구에 '안 돼'만이 답이 될 수는 없었다. 엄마인 나 혼자 막는다고 해결될 일이 아니었다. 상대도 이미 아이들

에게 물욕을 채우는 아빠가 되어 있었다. 그날 밤 망설임
없이 아이 아빠에게 전화했다.

"애들에게 우리가

부모로서 사랑을 채워 줄 수 있는

다른 방법을 찾아야 할 것 같아."

엄마, 이혼한 게 창피해?

돌싱이 되고
한참이 지났지만
여전히 안면만 있는
지인의 안부에는
굳이 이혼녀임을 밝히지 않았다.

'언제 한번 봐요'라는 지키지 않을 약속에 태연하게 대답했다. 아이와 동행하는 일정에서는 일부러 예전과 다르지 않게 유부녀 행색을 했다. 이혼녀에 대한 부정적 인식이 혹시라도 아이들에게 영향을 미치게 될까 봐 겁났던 이유도 있지만, 돌싱에 대한 부담스러운 질문을 피하고 싶은 심정도 있었다.

"엄마 이혼한 거 당분간 친구들한테 말하지 마. 괜히 말했다가 친구들이 너 곤란하게 하면 어떡해."

걱정과 불편함으로 지내던 어느 날 큰아이에게 조심스럽게 이혼 가정 사실을 숨기자고 말했다. 엄마로서 이 말을 뱉기까지 용기가 필요했다.

"엄마, 이혼한 게 창피해? 내 친구 엄마는 이혼하고 재혼도 했고, 내 친구 남자친구는 재혼한 아저씨 아들이야. 나는 그런 애들 봐도 하나도 안 이상한데, 엄마는 이상해? 엄마 이혼한 거 꼭 비밀로 해야 해?"

예상치 못한 큰아이 반응에 놀랐다. 어렵게 말을 꺼낸 나야말로 이혼에 대해 돌싱에 대해 부정적인 시선을 가진 사람이란 걸 깨달았다. 이혼이라는 단어에 편견이 전혀 없는 아이는 진실을 숨기자고 말하는 엄마를 도저히 이해할 수 없다는 얼굴이었다.

"엄마가 MZ를 잘 몰랐네, 너만 괜찮다면 비밀로 하지 않아도 돼."

멋쩍은 미소로 쿨한 척 대답했지만 열세 살 아이보다 어른스럽지 못했던 속마음에 얼굴이 홍당무처럼 붉게 달아올랐다. 이혼 가정을 선택할 때는 정직한 설명으로 자녀를 이해시키는 것이 기본 가르침인데, 오히려 엄마인 내가 큰아이에게 올바른 부모 태도를 배우는 상황이었다.

못나도 이렇게 못난 엄마가 따로 없었다.

이혼을 '틀리다'가 아닌 '다르다'라는 기준으로 볼 수 있을까. 자식에게조차 당당하지 못한 나의 이혼이라면, 누구에게 당당할 수 있을까.

가정법원에서 나올 때 자식에게 부끄럽지 않은 돌싱이 되자고 다짐했던 내가 스스로 손가락질하며 타인의 부정적인 시선을 거북하게 느끼는 게 우스웠다. 이혼녀 철창에 갇힌 채 '나만 비밀로 하면 괜찮다'며 양심 없는 타협에 수긍하는 내가 한심스러웠다.

나의 행복을 찾기 위한 이혼이었는데, 나는 이를 부정함으로써 책임을 회피했다. 그러다가 열세 살 아이에게 이혼 가정은 창피한 게 아니라고 뒤늦게 배운다. 떳떳하지 못한 마음으로 아이들에게 진실을 숨기자고 말하는 것은 이혼을 무책임하게 회피함으로써 자식에게 진짜 창피한 부모가 되는 것임을 깨달았다.

어쩌면 이혼 가정이라는 새로운 울타리를 만들 때 가장 먼저 해야 하는 일은 내 안의 편견을 깨부수는 것이 아닐까. 내 안의 편견을 깨지 않는다면 아무리 당당한 이혼이라도 스스로 손가락질하는 것을 막을 수 없고, '틀리다'와 '다르다'를 구별하지 못하고 막연히 이혼은 틀린 것이라는 틀에 자신을 가두게 되니 말이다.

그날 큰아이가 날려 준 뼈아픈 일침은 이혼에 대한 내 속의 부정적 편견을 깨고, 이혼이라는 단어 앞에 전진하는 엄마로 성장하는 소중한 계기가 되었다.

가스라이팅하는 엄마

이혼 앞에서 갑자기 치솟는 의욕은

미혼으로 돌아왔으니

자유롭게 잘살자는 다짐이 아니라,

이혼 후 양육권과 친권을 가질 사람은

오직 엄마인 나여야 한다는 승부욕이었다.

이혼이 마치 양육권과 친권을 가져오는 경기라도 되는 듯 반드시 내가 차지하기 위해 혈안이 되었다.

처음 이혼을 요구할 때 상대는 별 반응이 없었다. 두 아이가 여자아이니 양육과 친권은 내가 가져가겠다는 말에도 아이들을 위해 그렇게 하라고 섭섭할 만큼 민숭민숭한 반응을 보였다. 덕분에 가정법원으로 가는 마음이 돌덩이처럼 무겁지만은 않았다. 그런데 조정 기간이 시작되자 상대가 아이들 친권과 양육권을 포기하지 않겠다고 입장을 180도 바꿔 버렸다. 모든 걸 포기하고 내려놨는데 아이들까지 데려올 수 없을까 봐 눈앞이 캄캄해졌다.

그날부터 TV에서나 보던 이혼 소송이 내 일이 되었다. 없는 살림에 만만치 않은 비용도 걱정이었다. 여러 사이트를 오가며 내 처지와 비슷한 사례를 찾았다. 그러던 중 한 이혼 변호사가 쓴 '부모 이혼에서 친권과 양육권 싸움은 남겨진 자식에게 아무런 의미가 없다'라는 글을 봤다. 콧방귀가 나왔다. 그런 게 의미가 없다면 사람들이 왜 친권과 양육권을 위해 없는 돈까지 끌어다가 싸우겠는가. 동의할 수 없었다.

두 아이가 여자이기에 엄마인 내 손길이 절대적이라 여겼다. 아이들 아빠가 책임감 없이 아이들을 방치하면 자식을 지키지 않은 엄마가 될 것 같아 무서웠다. 내 이혼이 타인 앞에서 양육권과 친권을 가진 엄마로, 끝까지 자식을 책임지는 부모로 증명되길 바랐다.

부모의 이혼을 앞두고 아이들이 하는 가장 큰 걱정은 '당장 누구랑 살 것이냐' 하는 것인데, 정작 엄마인 나는 아이들이 아빠를 만나러 갔다가 엄마 말고 아빠랑 살겠다고 할까 봐 걱정이었다. 아이들이 받을 상처보다 엄마인 내가 아이들을 키우고 싶다는 고집이 더 컸다.

"엄마, 나 집에 가고 싶은데 아빠가 안 보내 줘."

큰아이가 아빠를 만난 어느 날 불안이 현실이 되었다. 격양된 상대의 목소리가 확성기처럼 울렸다.

"너 애한테 뭘 했길래 이따가 집에 데려가 준다는 말에 애가 이렇게 불안해하는 거야? 애들한테 가스라이팅하니?"

가스라이팅이라니, 상대의 말에 분개했다. 나에게 화난 마음을 아이에게 풀고 있는 상대에게 격분했다. 자식을 인질처럼 잡아 놓고 있는 상대에게 분노했다. 그러나 차츰 이 사태를 만든 사람이 지나친 고집과 욕심을 부렸던 나라는 사실을 깨닫게 되면서 마음이 차갑게 식었다.

"아빠는 밥도 못 해. 엄마랑 살아야 밥도 먹지."
"생리하고 그러면 아빠한테 생리대 교체하는 거 배울 수 있겠어?"
"속옷 사이즈 바꿀 때마다 힘들지 않겠어?"

145

조정 기간 중 법정 싸움으로 이어질 때 아이들이 엄마와 살 수밖에 없는 이유라며 큰아이에게 강요했던 말이다. 여자아이라는 특징을 이용해 아빠가 남자라서 해 줄 수 없는 약점만 골라 아이 마음을 흔들어 놓았다. 상대가 가스라이팅이라고 말할 때 파르르 떨었지만, 가스라이팅이 맞았다. 자식에게 친권과 양육권은 의미 없다는 이혼 변호사의 말이 뼈아픈 조언임을 그제야 알아들었다.

한동안 큰아이는 아빠 만나기를 거부했다. 엄마의 무서운 입김과 집에 보내지 않겠다는 아빠의 말실수가 더해져 아이로 하여금 불안한 감정을 스스로 움켜쥐게 했다. 가스라이팅은 짧고 실수는 순간이었지만, 정서가 불안정한 아이를 다시 회복시키기 위해 몇 배의 노력과 고통을 감내하는 대가를 치러야 했다.

부모는 자녀를 안전하게 보호하고, 올바르게 가르치고 키워 내야 한다. 친권과 양육권은 자녀가 성장할 때 필요한 행정적 요인 중 하나로, 일부 조건일 뿐 정서적 안정이나 육체적 건강함을 주는 것은 아니었다. 부모의 이혼에서 친권과 양육권은 부모 욕심이 아닌 주 양육자가 될 상대에게 자식을 위해 양도할 때 값어치 있는 종이가 되는 것이었다. 완벽한 부모는 친권과 양육권이 증명하는 것이 아니라 자식의 건강한 성장이 증명해 주는 것이었다.

이혼 조정 기간에 자식에게 치명적인 독과 같은 가스라이팅을 하던 그날의 기억이 아직도 선명하다. 아마도 큰아이 마음에 따가운 흉터로 남아 있으리라 짐작된다. 당장 지울 수 없는 그날의 흉터가 부모로서 노력하는 하루하루로 인해 차츰 흐려지길 바란다. 그러다가 어느 날 큰아이가 웃으며 그때 일을 훌훌 털어 내길 간절히 기도한다.

부모가 이혼한 게 아니다

이혼은

칼로 무 자르듯 할 수 없다.

자녀로 묶인 부모는

이혼 후에도 변함없이

제 역할을 충실히 해야 한다.

엄마만으로는, 아빠만으로는 한계가 있다. 그리고 그 한계는 자녀의 일상이 흔들릴 때 적나라하게 드러난다.

큰아이가 중학교 2학년이 되고 얼마 지나지 않아 방문을 닫기 시작했다. 중2병이라서 그러니 기다려 주는 게 좋다는 일반적인 조언에 따라 인내하며 기다렸다. 하지만 날이 갈수록 큰아이는 짜증이 늘고, 밥도 잘 먹지 않고, 학교 가기를 거부했다.

"너 이제 와서 엄마 아빠 이혼한 걸로 시위하는 거야? 중2병도 적당히 해야지!"

참다못해 큰아이와 신경전을 벌였다. 그러자 큰아이가

갑자기 이제부터 아빠랑 살겠다고 통보했다. 황당했다. 이혼 가정으로 3년을 보내는 동안 큰아이를 특별히 힘들게 한 기억이 없는데 갑자기 아빠랑 살겠다고 하니 서운하면서 기가 막혔다.

"갑자기 아빠랑 살겠다는 이유가 뭐야? 학교 안 가겠다길래 몇 마디 했다고 아빠랑 살겠다는 거야? 아니면, 아빠랑 살면 학교 안 가도 된다고 생각해?"

큰아이는 묵비권을 행사하는 사람처럼 다시 입을 꾹 다물고 방문을 닫았다. 큰아이의 방황은 도저히 혼자서는 해결할 수 없는 부분이었다. 아이 아빠에게 도움을 청했다.

"아빠랑 살아도 학군 때문에 전학은 안 돼. 학교는 여기 다녀야 해."

계획이 수포로 돌아간 까닭일까, 갑자기 큰아이가 닭똥 같은 눈물을 떨구며 "교실에 친구가 없어"라고 말했다. 그러고는 묵혀 둔 슬픔을 토해 내듯 꺼이꺼이 눈물만 흘렸다.

분명 아는 얼굴이고 인사도 하는데 같이 밥 먹을 친구가 없고, 소풍 갈 때 같이 앉아 갈 친구가 없어서 교실에 있기가 너무 힘들다고 했다.

마음이 무너져 내렸다. 혼자 끙끙거렸을 아이가 너무 안타까워 가슴이 미어졌다. 온전하지 못한 부모의 자리 때문에 어디에도 말하지 못하고 속으로 앓는 아이 모습에 죄책감이 말로 표현할 수 없을 만큼 밀려왔다.

큰아이 전학을 알아보기로 했다. 이혼을 떠나 부모로서 큰아이의 고통을 줄여 주기 위해 몇 날 며칠 함께 고민했다. 백방으로 알아봤지만, 전학은 불가능했다. 큰아이는 다시 등교했고, 몇 개월 우리는 부모로서 함께 시간을 보냈다. 아이는 힘들 때마다 우리에게 도움을 청했다. 그리고 부모가 자신을 위해 함께 애쓰는 모습이 긍정적인 힘이 되었는지 차츰 학교에 적응하고, 새로운 친구를 사귀며, 이전에 밝고 수다스러운 모습으로 돌아왔다. 일상을 회복하는 아이를 보면서 단단한 부모 자리가 자식에게 얼마나 큰 힘이 되는지 새삼 깨달았다.

"쇼윈도 부부야?"

"그러다가 다시 합치겠다."

"재혼은 안 돼! 말릴 때 정신 차려."

모든 것이 안정되었다고 가슴을 쓸어내릴 때 주변에서 복병이 터졌다. 속 내놓고 지내는 사람들이 오롯이 재혼에만 초점을 두고 조언하는 말이 비수가 되었다. 똑같이 자식을 키우는 입장에서 부모로 바라봐 주지 않고 이혼에만 초점을 둔 지적이 미웠다. 자식 일에 이혼이 문제가 아니고, 이혼했어도 자식을 지키는 게 부모라는 걸 보지 못하는 그들이 싫었다. 그날 이후 힘든 일이 생기면 타인의 도움이 아닌 우리 힘으로 헤쳐 나가자는 생각을 굳혔다.

자식에게 부모는 각자 역할이 있고 채울 수 있는 색이 다르다는 것을 큰아이를 통해 다시 한번 깨달았다. 그렇기에 우리는 더 이상 타인의 시선과 입방아에 휘둘리지 않는다.

두 아이에게 문제가 생기면 함께 방법을 찾고, 기쁜 일은 함께 축하하며 부모로서 같은 자리에 선다.

덕분에 아이들은 부모의 이혼이나 이혼 가정을 문제 삼지 않고 힘든 일이 생기면 언제든 부모에게 도움을 청해도 된다는 든든한 믿음이 있다. 어쩌면 우리는 부부로서의 의무를 뺐기에 자녀에게 더없이 완전한 부모가 되었는지 모른다.

이혼은 부부가 헤어진 것이지, 부모가 헤어진 게 아니다. 자식을 위해 무슨 짓이든 할 수 있는 게 부모라면 남남이 된 부부라도 그 진심에는 변함이 없다. 자식을 위해 쇼윈도 부부를 못 할까, 재혼이 두려울까. 자식이 아프지 않을 수만 있다면 목숨도 내놓을 수 있는 게 부모이고, 나도 그중 한 사람이다.

육퇴 우리는 각자 집으로 간다

몇 년 전

매일 싸우는 부모 때문에

큰아이가

소아 우울증 진단을

받은 적이 있다.

큰아이는 어른에게 인사 잘하고, 항상 웃고, 말도 잘하고, 타인 앞에서도 당당하기에 우울증을 의심할 여지가 없었다. 그런 아이가 초등학교 3학년에 올라간 뒤 집중력이 떨어지고 상상 놀이에 쉽게 빠진다는 담임 선생님의 관찰로 우울증 증상이 수면 위로 드러났다. 담임 선생님과 상담하고 그 길로 신경정신과에 예약했다.

며칠 유심히 아이를 관찰했지만 어제와 다르지 않게 해맑았다. 담임 선생님 걱정과 달리 내 눈에는 상담이 큰 의미가 있을까 하는 의심이 생길 만큼 문제를 찾기 어려웠다. 병원 진료는 단지 '문제없습니다'라고 확인받기 위한 수단이었다.

"요즘 힘든 일 있니?"

진료실 분위기는 비교적 밝았다. 원장님 음성이 나긋나긋 부드러웠다. 그러나 아이는 원장님의 첫 마디에 자신이 왜 울고 있는지도 모를 만큼 흐느껴 울었다. '왜, 그래?" 당황한 내 질문에 아이는 좌우로 고개를 돌리며 아니라고 부정했지만, 아이는 이미 슬픔에 잠겼다.

몇 차례 상담 후 '소아 우울증' 진단을 받았다. 아이는 여름 방학 동안 약물 치료를 했다. 배우자에 대한 불만을 아이에게 고스란히 드러내고, 시아버지에게 풀지 못한 서운함을 아이를 통해 위로받길 원했던 내가 원인인 것 같아 마음이 아팠다. 항상 어둡고 고단한 엄마라서 아이가 감정을 숨기게 만든 것 같아 죄책감이 들었다. 이혼한 이유 중 하나가 부부 싸움을 멈추고 싶어서였는데, 아이들과 상대를 만날 때마다 그때의 나를 마주한다.

어떻게 하면 부모로서 안전하게 자리를 지킬 수 있을까.
이혼까지 했는데 무겁게 남겨진 감정을 어떻게 빼낼 수

있을까. 웃으면서 상대를 마주할 용기는 언제쯤 생겨날까.

하루는 갑갑한 마음에 친정엄마에게 시끄러운 속내를 꺼냈다.

"엄마, 나 어떡하면 좋을까? 아직도 애들 아빠를 보면 화가 나. 애들 때문에 안 볼 수도 없고, 보면 같이 살던 때처럼 미쳐 버리겠어."

"그래도 넌 집에 오면 그 꼴 안 봐도 되니 얼마나 좋니. 엄마는 아침에 화나도 저녁에 또 보고, 밥까지 차려 먹인다. 애들 때문에 몇 시간도 못 참아? 엄마는 지금까지 참고 사는데."

내 말에 진저리 치며 자기 이야기로 대답하는 엄마를 보니 웃음이 나왔다. 그러면서 예전에는 밖에서 싸우고 집에 와서 또 싸웠는데 지금은 그럴 필요가 없어진 내가 또렷하게 보였다. 공동 육아 중에만 참으면 집에 돌아온 뒤 자유를 만끽하는 내가 있었다.

부모로 만날 때면 나뿐 아니라 상대로 분명 나에게서 보기 싫은 부분을 참고 있으리라는 생각이 들었다. 서로 다르지 않은 입장이라면 공동 육아로 부담은 반으로 줄이고 쌓인 스트레스는 각자 집에서 풀 수 있겠구나, 누구보다 우리 아이들 성향을 잘 알기에 완벽한 육아 파트너가 될 수 있겠구나 싶었다. 유레카였다.

이후 상대와의 만남이 불편하지 않았다. 싫은 모습을 봐도 화가 쉽게 삭았다. 몇 시간 뒤에 올 힐링 타임에 무엇을 할지 상상하며 기다리는 시간이 즐거웠다. 덕분에 애들 아빠의 태도가 내 감정에 문제를 일으키지 않았다. 상대도 아내에 대한 불만으로 기분대로 훈육하던 모습에서 점점 부드럽고 책임감 있는 아빠로 변해 갔다. 미뤄 짐작하건대 상대도 나와 비슷한 만족감이 있기에 편해지고 있는 것 같았다.

나는 그렇게 생각한다. 한집에서 헐뜯고 부정하고 싸우는 부모보다 부부 의무는 빼고 부모의 책임을 다한다면 이보다 좋은 육아 파트너가 없다고, 여자로 남자로 각자 자신을 채울 때 부모도 자식도 모두 웃을 수 있다고 말이다.

우리의 변화로 아이들은 더는 자신의 감정을 숨기지 않는다. 어두운 터널에 갇혀 있던 엄마는 이제 그곳에 없다. 가족이 힘들어 절절매던 엄마는 사라졌다. 공동 육아 후 각자 집으로 가는 나는 콧노래를 부른다.

PART 3

다시 여자로서 행복을 채우다

부끄러워하지 않기로 했다

얼마 전 유명 여자 연예인의

이혼 소식을 전하는

뉴스 기사를 보았다.

'고개 숙여 죄송함을 전합니다'라는

헤드라인에 울컥 화가 났다.

이혼이 사과까지 해야 하는 일인가 싶은 불편한 감정에 인정사정없이 미간을 구겼다.

　마약으로 기사화된 남자 연예인은 당당히 고개 들고 인터뷰하고, 성범죄를 저지른 연예인도 검은 정장만 입었지 사죄 인사를 하지 않는데, 굳이 사랑하는 사람과 헤어진 여자 연예인을 마치 사회에 물의를 일으킨 사람처럼 이슈몰이해야 했을까. 여자 연예인이라 더 가십거리로 만든 것 같아 신경질이 났다.

　결혼이나 이혼이나 남녀 두 사람이 선택한 일인데, 유독 이혼에 대해서 여자만 가정을 지키지 않고 자식을 버린 사람처럼 비난의 대상이 되는 현실이 씁쓸하다.

이혼에 '여자가'라는 말이 싣는 무게가 가혹하다. 무차별한 대우를 받은 여자 연예인의 상처가 염려스럽기까지 했던 기사 내용이 며칠 동안 마음에 걸렸다.

'오죽 여자가 못났으면 이혼을 당해.' 타인의 입에서 쉽게 내뱉어지는 말이다. 하지만 '오죽 남자가 못났으면 이혼을 당해'라는 말은 금지어처럼 타인의 입에서 나오지 않는다. 여전히 남존여비 사상에서 벗어나지 못하는 사회 분위기에 입이 쓰고 텁텁해진다. 이혼에만 남녀평등이 적용되지 않고, 남녀 상하 관계가 여자에게만 적용되는 것이 답답하다. 남편의 실수를 눈감아줄 줄 모르고 아내 구실 못하는 부끄러운 여자라고 비난하는 게 숨이 막힌다. 이혼은 누구를 손해 보게 하는 일이 아닌데, 이혼을 선택한 여자를 가해자로 취급하는 태도에 넌더리 난다.

이혼은 부끄러운 일이 아니라 더는 사랑하지 않는 부부가 헤어진 아주 개인적인 일인데, 굳이 타인에게 손해 끼치는 사람처럼 사과해야 할 필요가 있을까. 오히려 이혼에 대한 부정적인 면만 부각시키는 이 사회가 그 무례하고 불쾌한 태도를 사과해야 하지 않을까.

　이런 사회에서 이혼은 여자로서, 엄마로서 엄청난 각오와 수천수만 번의 주저함 끝에 내리는 어렵고 어려운 결정이다. 누군가에게 이유 없는 눈총을 받을 일이 아닌데 잠깐 눈 돌릴 가십거리가 되는 게 언짢다. 장난삼아 던진 돌에 개구리가 맞아 죽는 것처럼 이혼녀에게 특히 자녀가 있는 싱글맘에게 향하는 비난이 한 사람의 인생과 그가 지키는 가족을 무너뜨릴 수 있다는 걸 정말 모르는 걸까.

　이혼에 대한 편견이 어떤 모습인지 극명하게 보여 주던 기사는 며칠 사이 흔적도 없이 사라졌다. 잠깐의 이슈를 위해 화장기 없는 얼굴에 검은 정장 차림으로 90도로 허리 숙여 전한 사과 인사가 안타깝다. 이런 미안함을 본인이 직접 전했다면 덧붙일 말이 없지만, 만약 누군가의 강요 때문이라면 그 연예인은 집으로 돌아가는 길, 이런 부당함에 고개 숙인 자신에게 미안함을 느꼈을지도 모른다.

　이혼은 지극히 개인적인 일로 비난도, 자책도, 책임도, 응원도, 격려도 온전히 나의 몫이다. 타인의 관여는 필요하지 않다. 내 선택에 부끄럽지 않다면 고개 숙이는 대신 오히려 어려운 결정을 한 자신에게 아낌없는 격려와 응원을 보내자. 이혼에 대한 부당한 편견을 수용한다면, 그것이야말로 나 자신에게 진심으로 고개 숙여 사과해야 할 일이다. 나의 행복을 위한 최선의 선택에 위축되지도 부끄러워하지도 말자.

이혼과 무관한 걱정이라면

자식을 책임져야 하는 부모가 된 이상

일상을 꾸려 가기 위한

돈 걱정과 자식을 건강하고

올바르게 키워 내기 위한 걱정은

평생 풀어야 할 숙제일 것이다.

이 숙제는 고물가 시대 대한민국 부모이자 두 자녀인 엄마인 나에게도 해당하고, 두 자녀의 아빠인 상대에게도 마찬가지인 부모의 무게다.

　기혼일 때 우리는 자식을 위해 조금 더 나은 일상을 만들고자 서로 얼굴 마주 볼 날 없이 밤낮으로 일했다. 보상의 대가로 얻는 두 사람 월급이 웬만한 자영업자보다 좋을 때가 훨씬 많았다. 하지만 서로에게서 채우지 못한 공허함은 버는 만큼 쓰는 생활로 이어졌고, 쓴 자리를 노동으로 채우기 위해 허덕이는 생활은 끝없어 삶의 만족도는 나락으로 빠져들었다.

　매월 쉴 틈 없이 일해도 통장 잔액은 늘 바닥이고, 휴식은 간절했다. 상대가 나보다 편해지면 불만이 터지고 서로를 이기적으로 만들었다. 서로에게 눈칫밥만 주고받는 집은 안식처가 아닌 새로운 노동 현장과 다르지 않았다. 그리고 우리는 서로에게 짐짝에 불과했다.

  나의 가치를 잃어 가는 일상, 퇴근 후 집에서 다시 시작되는 노동을 피하기 위해 주차장에서 우리 집 거실 불이 꺼지기만을 기다리며 끝없이 배회했다. 쉬는 날이면 쌓여 있는 살림을 등지고 싶어서 유쾌하지도 않은 마음으로 시아버지를 모시고 꾸역꾸역 외출했다. 도돌이표 같은 일상은 빠져나올 수 없는 개미지옥 같았다.

  발버둥 치고, 전전긍긍하고, 어깨 굽는 노동에도 나아지는 게 하나도 없었다. 자식 걱정과 돈 걱정은 그대로, 아내와 며느리로서 지는 부담도 그대로, 작은 내 존재가 견딜 만한 무게를 넘은 지 이미 오래였다. 삶에 만족할 수 없었고, 나라는 존재의 가치가 무색하고 무의미했다. 모든 걸 짊어질 수 없어 아내와 며느리의 의무를 빼기로 했다. 그렇지 않으면 부모의 책임도 감당할 자신이 없었다. 이대로 살다가는 하찮기만 한 내 존재가 허리 한번 펴 보지도 못하고 부서져 없어질 것 같았다.

　이혼 후 돈 있는 날이 쥐구멍에 볕 들 날만큼 희박했다. 돈 없는 엄마로 자식을 안전하게 지키지 못하면 어쩌나 하는 초조함도 피할 수 없었다. 이전보다 허름한 집, 마이너스 통장, 물욕을 채우지 못하는 아쉬움, 적응 기간이 필요했다. 맞벌이로 흥청망청 돈 쓰며 힘들어하던 날에 대한 아쉬움이 휘몰아쳤다. 심란하게 만드는 돈 걱정은 싱글맘으로서 극복해야 할 고비였다. 하지만 신기할 만큼 그 시간이 지독하지는 않았다.

　삶이 달라지고 있었다. 노동한 나를 위해 매달 손에 들어오는 달란트가 없어도 억울하지 않았다. 나를 치장하던 하나를 참고, 아이들에게 두 개를 줄 수 있어 기뻤다. 굳이 내 고단함을 채워 달라는 아우성 없이도 잠들 수 있었다. 돈 걱정과 자식 걱정은 그대로인데, 걱정의 무게는 한결 가벼워져 삶에 편안함이 허락되었다. 돈 없는 날은 그냥 돈 없는 날에 불과해졌다.

덕분에 엄마인 내가 안정되고 아늑해졌다. 돈 없는 일상에서 자리를 차지하던 초조함의 비중이 점점 줄어들었다. 아이들도 채우지 못하는 부족함이 있을 텐데 제자리에서 역할을 잘 해냈다. 노동의 강도가 이전보다 늘었음에도 나를 위한 즐거움을 찾는 여유가 생겨 내 속에 작은 숨구멍이 하나둘 팔락이며 숨을 토해 냈다. 나라는 존재의 초라함이 차츰 사라졌다. 삶의 방향이 바뀌었다.

이혼과 무관하게 어차피 남겨질 걱정이라면, 순간순간 닥치는 고민을 그때그때 측정하고 해결하고 비우면 된다. 미련하게 근심할 필요가 없다. 나라는 존재가 작다면 소박한 것에서부터 에너지를 보충하고 천천히 성장하면 되는 일이다.

내 삶의 주체가 되는 방법은 내가 짊어지고 있는 무게의 본질을 바로 보고, 내가 견딜 수 있는 만큼의 무게를 짊어질 때 알아차릴 수 있다. 가벼운 솜뭉치를 옮길 때 굳이 물을 적셔 무게를 늘리지 않는 것처럼 나도 내려놓아야 할 것으로 인해 굳이 근심 걱정의 무게를 늘리지 않기로 한다. 혼자 견딜 수 없는 무게라면 서로 방법을 달리해 나눠 가지면 가벼워진다.

"나는 이제 돈 걱정만 빼면 인생에 걱정이 없어."

내가 하는 농담이자 진담이다. 혼자일 때나 둘일 때나 여전히 돈 걱정은 삶에서 떠나지 않지만, 돈에 휘둘리지 않고 돈이 아닌 다른 것으로 채워지는 만족을 찾았다. 돈 없이도 산다는 말은 가식이지만, 돈은 삶을 꾸리는 도구일 뿐이라는 마음은 진심이다.

엄마니까 참아야지

예쁘다는 말을

들어본 지

언제인지

기억이

까마득하다.

결혼 10년 차 거울에 비친 미간에 선명하게 자리 잡은 '내 천(川)' 자, 어두운 낯빛, 어금니를 꽉 물고 있는 딱딱한 턱선, 꾹 닫은 입술, 생기라곤 찾아볼 수 없고 독기만 가득한 내 몰골이 보기 싫었다.

현관에는 자리를 잃은 신발, 거실에는 널브러져 있는 장난감, 방에는 정리 안 된 침대, 그리고 빨래가 넘치는 다용도실. 모두 엄마니까 감당해야 하는 억척스러운 내 몫이었다. 감정은 바닥으로 떨어지고, 내가 쉴 곳은 단 한 곳도 없었다. 엄마라고 불리는 나는 점점 냉소적인 사람이 되었다.

"엄마 좀 그만 불러."

"네가 못하겠으면 하지 마. 엄마도 힘들어."

'엄마니까' 참아야 한다는 강요는 죄 없는 아이들에게 비수로 날아갔다. 돌아서서 후회하지만. 눈앞에 닥치는 감정에 그대로 잠식되기 일쑤였다.

"병원에 가 볼까?"

우울증은 전염이 된다는데, 유독 집 안에서만 증폭되는 우울증은 '엄마는 강인하다'는 말이 무색하게 나를 무너지게 했다.

'엄마니까 참아야지.'
'엄마니까 어쩔 수 없어.'

다른 엄마들은 이 말에 힘을 얻어 살아간다는데, 나에게는 이 말이 가장 잔인한 말이었다. 나에게 필요한 것은 '엄마니까' 해야 한다는 억지가 아닌, '엄마라서' 할 수 있다는 동기였다. 하지만 그전에 먼저 어둠 속에서 나를 꺼내야 했다. 그렇지 않고서는 잿빛 우울감에서 벗어날 수 없고,

그늘진 낯빛이 아이들까지 우울증을 감염시킬 것 같았다. 나를 치유하지 않는다면 행복으로 돌아갈 수 없는 불행 그 자체가 나였다.

"요즘 얼굴 좋다. 좋은 일 있나 봐."

'엄마니까'라는 억지에서 벗어난 나에게 지인들이 건네는 기분 좋은 농담이다. 화려한 장신구 하나 없고 화장기 없는 맨얼굴인데도 예뻐졌다는 말을 들으면 마치 따사로운 봄 햇살 아래 앉아 있는 듯한 기분이 든다. 이전과 똑같은 24시간을 사는데도 내 모습은 이전과 다른 수식어를 갖게 했다.

'화난 사람 같다, 예민하다, 성격 급하다, 바빠 보인다.' 이전에 나에게 따라붙던 수식어다. 온종일 종종거리며 해내야 한다는 불안에 사로잡혀 있던 나라는 사람을 대신하던 설명이다.

'엄마는 짜증 내고, 눈치 주고, 무서운 사람'이라는 게 아이들에게 보이던 내 모습이다. 변할 수 없을 것 같던 이 수식어가 '엄마니까' 참아야 하는 억척을 놓아주고 완벽할 수 없는 일상에 '엄마니까' 완벽해지고자 했던 강박을 버리고 나니 바뀌었다. 그러면서 주변 사람들에게 긍정적인 사람으로 영향력을 전달하기도 한다.

무너지고 나서야 알았다. 삶에 찌든 얼굴이 보인다면, 낯빛에 생기가 메말랐다면, 그건 더 이상 어둠으로 들어서지 말라는 경고라는 것을. 그리고 나 자신 때문에 힘들어 무너지면 어떤 타이틀을 가진다 해도 지켜낼 수 없다는 것을. 아무리 강인한 엄마라도 나약한 자신 앞에서 무너지는 것을 막을 수는 없다는 것을. 대지가 비옥하지 않은 엄마는 '너희도 참아'라며 무책임한 악다구니로 아이들을 아프게 한다는 것을.

나를 단단하게 하는 방법은 억측으로 옭아매는 나를 멈추는 것이었다. 내면에 있는 우울한 나를 꺼내 깨끗이 씻겨 미혼일 때 아름다웠던 나를 되찾아 주는 것이었다. 내면이 안온할 때 화려한 치장 없이도 내면으로부터 올라오는 생기가 두 볼을 빛나게 하는 것이었다.

"불혹에 예뻐지기 쉽지 않다는데, 너는 날이 갈수록 얼굴이 좋다."

누군가가 툭 던진 기분 좋은 한마디가 나를 행복하게 하고, 엄마인 내 삶도 아름답게 한다. 어둠으로 걸어가는 발걸음을 멈출 때 우울한 나를 구할 수 있었다.

혼자라서 외로운 게 아니었다

돌싱이 되고

맞이한

첫 번째 추석은

외로움

그 자체였다.

아이들이 없는 집은 고요함을 넘어 적막했다. 그나마 낮에는 명절 며느리 노릇에서 벗어난 자유를 만끽하고자 차린 술상이 마냥 즐거웠는데, 해가 지고 나니 나만 외톨이가 된 기분이었다.

외로움을 달래기 위해 스마트폰 화면을 빼곡히 채운 전화번호부를 부리나케 뒤졌다. 친구가 없을 나이도 아니고 은둔형 외톨이도 아니었지만, 이내 스마트폰 화면을 껐다.

"술 한잔하자."

명절에 대뜸 전화해 친구를 불러낼 나이가 지났다. 아무나 부르기엔 이혼했다고 다른 사람 배려하지 않는 이기적인 사람이라는 지적을 피할 수 없는 상황이 되었다. 난생처음 겪는 혼자라는 외로움을 받아들이려니 이런 고역이 따로 없었다.

나만 외톨이라는 쓸쓸함이 점점 이성을 갉아 먹었다. 다시 사람을 찾기 시작했다. 이왕이면 나의 외로움을 이해하고 공유해 줄 같은 처지에 있는 사람이면 좋겠다고 생각했다. 비슷한 시기에 이혼한 이웃에게 전화를 걸까 망설였다. 하지만 끝내 번호를 누르지는 않았다. 자칫 나의 행동이 상대에게 오해를 불러일으킬지도 모르고, 내가 어떤 실수를 하게 될지도 몰랐다. 오늘 내 행동이 자녀에게 부끄럽지 않은 일이 될지 확신이 없었다.

내 앞에 놓인 술은 더 마시지 않기로 했다. 적막 속에서 계속 술을 마시다가는 자식뿐 아니라 누구에게도 당당할 수 없는 이혼이 될 것 같았다. 차라리 왁자지껄한 밖에 나가는 것이 나을 것 같았다. 허름한 차림 그대로 모자 하나 쓰고 겉옷 하나 걸치고 무작정 나갔다.

밤거리는 예상과 달리 조용했다. 명절이라고 불 꺼진 간판도 많고, 길에 사람이 몇 없었다. 불현듯 명절이라서 외로운 게 아니라, 명절인데 외톨이가 되었다는 생각이 나를 괴롭게 한다는 걸 깨달았다.

아이들이 안전한 곳에 있어 걱정하지 않아도 되는 이런 시간이야말로 돌싱맘에게 주어진 진정한 자유와 해방인데 그걸 몰랐다. 귀한 시간을 아깝게 허비하고 있었던 것이다.

태어나 처음으로 혼자 영화를 보기로 했다. 심야에 상영하는 영화 <공조 2>를 예매했다. 항상 둘이 오던 영화관이라 그런지 둘이 앉던 자리에 혼자 앉기까지 나름 용기가 필요했다. 되도록 주변을 두리번거리지 않고 최대한 자연스럽게 앉아 팝콘과 콜라를 입에 넣었지만, 빨리 조명이 꺼지고 영화가 시작되길 바라는 마음이 간절했다.

아무도 나를 보지 않는데 괜히 나 혼자 옆 사람을 의식하고, 어색해서 다리를 이리저리 꼬며 불편한 기색을 드러냈다. 그냥 상영관을 나가야 하나 고민할 때쯤 영화에 빠져들며 자세가 자연스러워지고 스크린에 집중하기 시작했다. 다른 사람들과 같은 공간에서 같은 타이밍에 웃고 놀라고 움츠리다 보니 어느새 혼자라는 사실을 잊어버렸다. 자정이 조금 지난 시간, 아까보다 거리가 더 조용해졌지만 처음처럼 외롭지 않았다. 영화가 남긴 유쾌한 여운이 집으로 돌아가는 발걸음을 가뿐하게 했다.

이제는 명절이 적막하고 외롭지 않다. 오히려 엄마인 나를 해방시키는 몇 안 되는 소중한 날이 되었다. 낮에는 만날 수 있는 지인과 편안한 시간을 보내거나, 아이들에게 본보기가 되기 위해 참았던 집순이 모드로 전환해 넷플릭스 영화를 역주행하거나 원 없이 쇼츠를 본다. 명절에 개봉하는 핫한 신작을 혼자 즐기며 유행에 발맞추는 소소한 재미도 놓치지 않는다.

다른 사람과 일정 조율할 필요 없이 나 좋을 때 즐길 수 있는 혼영은 매력적이다. 누구도 신경 쓰지 않고 온전히 스크린에만 집중할 수 있는 이 시간을 몰랐다면 아쉬운 인생이 될 뻔했다.

어쩌면 돌싱 입문 첫 단추는 나에게 드리운 외로움이 혼자라서 쓸쓸한 것인지, 혼자라는 핑계로 내가 만든 쓸쓸함인지 구분하는 것 아니었을까. 외로움은 내 마음이 만들어낸 쓸쓸함이었다. 이는 내 마음가짐에 따라 얼마든지 흐려질 수 있는 감정이다. 돌싱의 진정한 자유는 그런 마음으로부터 해방되는 것이고, 그걸 누릴 수 있는 나만의 세계를 찾을 때 혼자는 더 이상 외로운 단어가 아니었다.

진짜 내 사람으로 채워지는 나

결혼이

새로운 인맥을

심는 것이라면,

이혼은

인맥을 정리하는 가지치기다.

우리는 고등학교 동창에서 부부가 되었다. 친구 대부분이 고등학교 동문이고 모임에 가면 비슷한 나이라 한 다리 건너면 다 아는 사이다. 직장도 각자 한 직장에 오래 근무한 탓에 직장 상사나 후배도 웬만하면 다 안다. 그렇게 나의 인간관계는 상대와 나를 엮어 놓았다.

　알고 지내는 지인 중에는 우리를 진심으로 대하는 사람도 있고, 배경을 보고 접근하는 사람도 있고, 외부적 요소로 어울리는 사람도 있었다. 그건 나도 다르지 않았다. 모임마다 추구하는 이미지가 달라도 사람 사는 게 다 그런 거라고 대수롭지 않게 생각하며 지냈다. 하지만 우리를 하나로 엮었던 줄을 끊는 이혼으로 상황이 달라졌다.

"큰 집으로 이사 갔다고 자랑한 지 얼마나 됐다고."

"시아버지 모시는 거 별거 아니라고 잘난 척하더니."

"둘 다 젊은데 바람 아니야?"

배경이나 치장으로 대하던 사람들은 내 이혼 사유가 뭔지도 모르면서 추측과 비아냥을 가십거리로 삼고 있었다. 지난달까지 같이 웃고 떠들던 사이인데 지금은 헛소문을 주고받는 그들을 보니 소름이 끼쳤다. 누가 잘했니 못했니, 판결이 어떠니 가관이었다. 반박하고 싶다가도 전해 들은 말이라 또 다른 문제로 번지는 게 싫어 입을 닫았지만 속은 타 들어갔다.

어떤 날에는 직접 던지는 질문이 기혼자나 유부녀로서는 할 수 없는, 1차적 호기심과 욕망을 대신 채워 주길 바라는 이기심 가득한 질문이라 기가 찼다.

'그렇게 연예하고 싶으면 이혼하세요.'

목구멍까지 올라오는 말을 참는 건 내 지정이었다. 부러

우면 진다는 말이 이럴 때도 해당한다면 그들은 이혼녀가 된 나한테 모두 진 거나 마찬가지 아닐까. 나도 그들에게 속 뒤집는 소리 한 바가지쯤 하고 싶지만, 사실 이런 건 인상 한 번 진하게 쓰고 나면 크게 상처가 되지는 않았다. 진짜 상처는 얼마 전까지 나를 좋은 사람이라고 생각했던 사람들이 이혼을 핑계 삼아 하루아침에 나를 나쁜 사람으로 분류하는 것이었다.

나라는 사람은 그대로인데 단지 치장이나 배경이 빠졌다고 본인들보다 낮게 여길 때면 그동안 나라는 사람을 이용 가치로만 따졌던 그들의 태도를 분명히 알 수 있었다. 그럴 때마다 내가 이룬 대인 관계에서 오는 회의감과 배신감을 견디기 힘들었다.

이혼녀임을 아는 순간 나를 한순간에 쓸모없는 사람으로 취급하는 그들에게 느끼는 모멸감 때문에 정상적인 일상 생활을 이끌어 가기 어려웠다.

'이혼한 내가 싫다면 어쩔 수 없지.'

때로는 그들이 주는 부당한 태도를 수긍하는 어리석은 선택을 하며 내가 믿는 사람에게조차 이혼을 포장했다. 묻지도 않는 말을 꾸역꾸역 꺼내 피해자처럼 이혼 사실을 이야기한 뒤 돌아설 때는 스스로 수치스러움을 느꼈다.

"그럴만한 이유가 있어서 헤어졌겠지."
"이혼이 나랑 무슨 상관이야. 그러거나 말거나 넌 내 친군데."
"언니 고기나 먹자. 고기 먹고 이상한 애들이 하는 말 신경 쓰지 마."

정작 내 사람들은 나의 이혼에 대해 말하지 않았다. 나라는 사람을 배경이나 형색이나 타이틀이 아닌 오직 나 자체로 받아들였다. 진실을 꾸역꾸역 포장하는 나를 침묵으로 위안했다. 모르쇠로 위로할 뿐 진실을 토해 내도록 추궁하지 않았다. 나의 아픔을 건들지 않으려고 애써 주었다. 그저 사람에게서 받은 상처가 곪아 터지지 않게 고약을 발라 주고 새살이 나기를 바라며 이혼녀로 가지치기당하며 휘청이는 나를 굳건히 잡아 주었다.

돌이켜 보면 이혼이라는 가지치기 덕분에 손절해야 할 인연을 잘라 내고, 풍성한 열매가 될 나의 사람들을 구분해 남기는 아주 특별한 기회를 얻었다. 인생에 먹구름이 낄 때 내 곁에서 이혼이라는 큰 능선을 묵묵히 같이 올라와 준 소중한 내 사람들로 인해 나도 그들에게 좋은 사람이 되고 싶은 감사한 마음이다. 내 곁을 지켜 주는 소중한 사람들 덕분에 오늘의 나는 어제보다 더욱 단단해진다.

취미 부자가 되다

'하고 싶은 일,

즐거운 일, 행복한 일이

무엇보다 중요하던

그때로

돌아갈 수 있을까?'

‘24시간이 모자라서 늘 나를 먼저 버렸는데 그런 내가 다시 무언가로 나를 채우는 게 가능할까?’

쉬는 날이면 아이들이 빠져나가 무료한 집 안에서 나에게 던져지는 질문이다.

이혼과 상관없이 나는 여전히 두 아이의 엄마고 직장인이라는 변하지 않은 위치 때문에 눈앞에 여섯 시간이라는 공백이 있음에도 나를 위한 시간은 없었다. 다시 시간이 모자라 허덕이는 내가 될까 봐 나만의 시간을 수용하기가 쉽지 않았다.

워커홀릭도 아닌데 휴일마다 쉬는 방법을 몰라 멀쩡한 집안을 들쑤시거나 그마저도 없으면 주어진 시간이 허투루 흘렀다. 더 이상 할 일을 찾지 못하고 무기력하게 몇 주가 지나는 동안, 아이들 하교만 기다리는 내가 생산적이지 않은 무능한 사람이 되는 것 같아 차츰 겁이 났다.

'무엇을 해야 할까?'
'내가 하고 싶은 게 뭐였지?'

첫 고민에 찾은 답은 네일아트, 쇼핑, 마사지, 카페 나들이 등 주로 돈만 있으면 할 수 있는 일이었다. 여자라서가 아니라 사치스러운 생활을 그리워하는 것으로, 당장 돈이 없으니 불가능한 것들이었다. 무료한 몇 번의 휴일을 보낸 후에는 더 이상 안 되겠다 싶었다. 그나마 가난한 청춘일 때 자주 찾던, 집에서 그리 멀지 않은 도서관에 가기로 했다.

한여름에 돈 안 들이고 시원하게 책이라도 읽자는 심정으로 뜨거운 태양을 그대로 느끼며 지역 도서관으로 갔다. 15년 만에 방문한 도서관은 좀처럼 옛날 모습을 찾기 힘들 정도로 바뀌어 있었다.

'도서관도 이렇게 바뀌었는데, 나는 왜 아직 그대로일까?'

늘 그 모습 그대로일 것 같은 도서관도 시대에 따라 변하는 데 인생을 흔든 이혼까지 한 나는 아직도 하고 싶은 것을 찾지 못해 배회하고 있음을 반성까지는 아니지만, 밀려오는 회의감은 피하지 못했다.

몇 권의 책을 읽고 추가로 대출해 집으로 돌아왔다. 무료했던 휴일에 단비 같은 시간이었다. 그러나 읽기만 하고 지워지는 글귀가 아까웠다. 그중에는 소장하고 싶은 도서도 몇 권 있었다. 기록과 소장 두 가지를 돈 들이지 않고 할 수 있는 방법을 찾기 시작했다. 그렇게 협찬 도서를 받고 블로그에 서평을 올리는 취미 생활이 시작되었다.

꾸준한 블로그 생활은 인스타그램이라는 새로운 SNS 세상으로 연결해 주었다. 인스타그램은 네이버 서평보다 신간과 베스트셀러 폭이 다양했고, 도서 서포터즈라는 생소한 시작에 발판이 되어 주었다. 출판사마다 각기 다른 색감으로 도서를 출간한다는 점이 흥미로워 다양한 출판사를 찾았다. 그리고 내가 원하는 출판사에서 서포터즈로 활동하면서 나 자신을 점점 가치 있는 생산적인 사람으로 느끼게 되었다. 읽고 쓰는 재미는 1년에 도서 100권 읽기 챌린지, 서울국제도서전 방문, 동네 책방 탐방을 넘어 체험단 리뷰어까지 변화무쌍하게 영역을 넓혔다.

내가 즐거우면 힘들게 없다더니 숨만 쉬어도 모자라던 24시간이 사라졌다. 독서, 서평, 블로그, 체험단 리뷰로 보내는 시간이 늘어도 전혀 부족하지 않았다. 오히려 스케줄러에 빼곡하게 적힌 일정을 소화하는 능력이 생겼다. 버겁기만 하던 육아, 살림, 출근이 이제 대수롭지 않고, 어떤 날은 빨리 끝내고 내 시간을 즐기고 싶어 오히려 에너지가 넘쳤다.

"어떻게 하면 그렇게 부지런해요?"
"나도 책 읽는 거 하고 싶은데, 어떻게 하면 되는 거야?"
"난 먹는 것만 좋고 글 쓰는 재주가 없어서 리뷰하고 싶어도 못 하는데, 대단하다."

덕분일까. 싱글맘인 나에게 쏟아지던 '이혼하니까 어때?' 라는 질문이 차츰 나라는 사람을 향한 긍정적인 질문으로 바뀌었다. 내가 웃을 수 있는 소소한 것으로 나를 채웠을 뿐인데 행복은 기대 이상의 효과를 보여 주었다.

이 기세를 몰아 현재는 독서 모임, 필사단, 출판사 담다 브랜딩 매니저로 활동하고 있다. 도서 서포터즈를 신청하던 사람에서 서포터즈 관리자가 되어 응원하고 격려하고 감사를 전한다. 단순히 읽고 쓰는 사람이 아닌 '서평작가', '리뷰작가'라는 타이틀이 어색하지 않은 사람으로 성장하고 있다.

별스럽게 않게 시작한 취미가 이제는 전문성을 키우는 원동력이 되어 준다. 시작할 때 입이 아닌 행동이 보여 준 덕도 있겠지만, 행복을 찾기 위해 게으름 피우지 않고 꾸준히 노력한 결과라고 생각한다.

앞으로 몇 개의 취미가 더 생길지 모르겠다. 하지만 분명한 건 취미 부자로, 사랑으로 아이들을 지키는 엄마로, 성실한 직장인으로, 그리고 행복한 여자로 매일매일 즐겁게 인생을 채울 자신감은 마르지 않을 것 같다.

작가의 꿈을 이루다

기혼일 때

떨어진 자존감은

돌싱이 되었다고

쉽게 회복되는 것이

아니었다.

더 이상 사랑하지 않기에 영혼을 진흙탕에 굴리고 헤어졌
으면서도, 혼자가 되고 사랑이 사라졌다고 징징거리는 나
는 대책이 없었다.

나에게 이혼은 분명 새 출발선인데 완주라인이 없는 무지
에 가까운 세계 같아서 한동안 내가 노출되는 게 겁났다.
스스로 안아 주는 방법을 잊어버린 나만 덩그러니 남아 자
발적으로 성장할 줄 몰랐다. 불확실한 내일 때문에 아무것
도 할 수 없다는 후회는 외부를 차단시키는 방패와 다름없
었다.

'네까짓 게 이혼했다고 달라지겠어.'

움푹 파인 자존감에 떨어진 사랑이란 단어가 한 여자를 초라하게 만드는 모습을 아무 저항 없이 바라볼 뿐이었다.

'내 이럴 줄 알았어.'
'이혼이 좋은 게 아니라니까.'

누구에게 보여 주려고 선택한 이혼은 아니지만, 여차하면 누구나 혀를 차는 이혼녀가 될지도 몰랐다. 나 자신을 사랑해 본 적 없는 내가 자신을 사랑하는 방법은 누군가에게 인정받는 것뿐이었다. 무언가 나를 떳떳하게 할 결과물이 없는 한 떨어진 자존감을 회복할 길이 없었다. 무언가 증명을 통해 이혼녀 딱지를 떼어 버리고 싶었다.

그나마 자신 있게 할 줄 아는 게 글쓰기였다. 특출나지는 않아도 브런치 작가로 활동하고 두 권의 시집에 공동 저자로 이름을 올린 경험이, 이혼녀라는 수식어보다 작가라는 직함이 나를 떳떳하게 해 주길 바랐다.

브런치에 올렸던 글을 모았다. 꽤 오래 쓴 흔적이 200편

가까운 시로 묶였다. 책을 출판해 본 경험이 없어 원고 그대로 출판사 수십 곳에 무작정 투고했다. 작가가 되는 건 생각만으로도 어려웠지만 현실에서는 거의 불가능에 가까웠다.

다행인지 어떤지 더 이상 내려갈 곳 없는 자존감은 투고 실패에 그다지 타격을 입지 않았다. 오히려 투고할 생각에 쓰고 다듬기를 반복하는 과정이 작가가 되고 싶었던 어릴 적 꿈을 깨웠다. 이혼녀라는 사실을 감추는 껍데기가 아닌 꿈을 이루는 사람이 되자는 마음으로 방향을 틀었다.

손이 부러지든 문이 부수어지든 출판할 수 있는 다양한 곳에 문을 두드렸다. 하나만 열리길 간절히 바랐다. 그러면 땅을 짚고 일어설 수 있을 것 같았다.

어떤 마음이 통했는지 알 수 없지만, 2022년 7월 ISBN 번호가 부여된 나의 첫 번째 책『모든 밤은 헛되지 않았다』를 독립 서적으로 출판하는 쾌거를 이루었다.

내 이혼을 감출 상자로 시작한 것이었는데, 내 글이 담긴 종이책은 숨기려 했던 이혼녀 딱지를 똑바로 마주 보는 진짜 내 이야기로 작가가 되자는 욕구에 탄력을 붙였다.

A4용지 100장 분량에 나의 이혼 이야기를 가득 채웠다. 3개월 만에 초고를 완성했다. 이혼이라는 단어에 쩔쩔매며 밤잠 설치던 나에게 엄청난 변화를 가져다준 기특한 초고였다. 지금 보면 실눈 뜨고 봐야 하는 감정만 쏟아낸 하소연에 불과했던 초고가 6개월간의 1차 퇴고를 거치면서 나조차 이해하지 못해 힘들었던 내 이혼을 이해하게 되었다. 2차 퇴고를 하면서는 부부일 때 나의 태도와 우리 관계를 반성했다. 3차 퇴고를 할 때는 이 글을 왜 쓰려고 하는지 명확한 길을 찾게 되었다.

1년 가까이 글을 쓰고 다듬는 동안 스스로 이혼녀 틀을 깰 수 있었다. 출발선 반대편으로 보이지 않던 완주라인을 그릴 줄 아는 용감한 내가 되었다.

나의 이혼은 이해가 필요하지 않은, 누군가의 위로로 채울 수 없는 나만 꺼낼 수 있는 아픔이었다. 그리고 나는 그 것을 글로 소통하며 스스로 성장하는 근사한 사람이 되었 다. 작가, 인생 2막을 여는 새로운 나의 이름이다.

내 걱정은 사양합니다

당사자인 나조차도

이혼이란 단어가 친숙하지 않은데,

경험도 없는 타인의 입에서

어찌 저리 이혼이라는 말이

스스럼 없이 나올까?

경험이 없어 모르는 무지일까? 자기 호기심에 묻는 무례일까? 내 이혼에 그들의 생각이 어디까지 미쳐 있는지 몰라 처음에는 그저 나를 걱정하는 마음이라 여겼다. 가까운 사이일수록 의심하지 않았다.

"똑똑한 직원인데 얼마 전에 이혼했대."

직장 연말 송년회에서 예상치 못한 사건이 벌어졌다. 서로 수고했다고 격려하며 내년에도 같이 잘 성장하자는 이야기 끝에 병원장님이 자기 앞에 앉은 나를 가리키며 걱정스럽다는 뉘앙스로 내 개인사를 공공연하게 공표했다.

어느 타이밍에도 내 이혼 얘기가 나올 틈이 없었는데 아무렇지 않게 내 개인사를 말하는 직장 상사에게 어떻게 반응해야 할지 순간 뇌가 정지됐다. 내 앞에 앉은 사람은 나와 눈을 맞추지 못하고, 주변에 앉은 타 부서 직원들은 궁금증 가득한 눈을 반짝이고 있었다.

"우린 가족이나 다름없어서 괜찮아. 근데 왜 이혼했어?"

누구를 위한 배려인지 생각할 틈도, 기분이 상할 틈도 없었다. 당황한 내 얼굴은 이미 붉게 달아올랐고, 사람들은 기대로 가득 찬 토끼 귀가 되었다. 결국 '성격 차이'라는 뻔한 대답으로 일단락되었지만, 다음 날부터 출근이 순탄치 않았다.

돌싱 1년쯤 되니 나에게 물음표를 달고 물어 오는 질문에 진심은 10%로도 되지 않은 걸 알게 되었다.

"애들은 괜찮아?"
"벌이는 어떻고?"
"혼자서 힘들지?"

이런 질문은 대부분 이혼한 내 처지가 자신보다 못하다는 걸 확인하는 것에 불과했다.

"왜 이혼했어?"
"어떤 성격 차이 때문이야?"
"사실 나도 이혼 고민 중이야."

또는 반짝이는 가십거리를 찾거나, 자신의 결혼 생활과 비교하며 이혼한 나보다는 조금이나마 낫다는 위안을 받고자 하는 이기심의 발로였다.

일하지 않으면 생계에 타격이 있어 출근했지만, 대놓고 질문하는 사람들과 뒤에서 수군대는 동료들 때문에 한동안 직장생활이 편치 않았다. 퇴근길 동료와 함께 마시던 맥주 한 잔을 그렇게 좋아했는데, 마주 앉은 동료의 입에서 나올 말이 불편해졌다. 사람 좋아하던 내가 개인사인 이혼 때문에 사람 만나기를 꺼리게 되었다. 실제로 2년 가까이 사람을 만나지 않고 혼술로 직장인의 고충을 달래기도 했다.

나는 누군가의 불행한 결혼 생활에 비교 대상이 되기 위한 이혼을 선택한 게 아니다. 이혼녀보다 유부녀가 낫다고 보여 주는 샘플이 아니다. 내 이혼은 오늘보다 더 나은 삶을 위한 신중한 선택이었다.

만약 내 이혼이 불행하다 해도 결코 그들의 행복이 될 수는 없는데, 사람들은 왜 그걸 모르는지. 때로는 내 이혼에 빗대어 불행에서 벗어날 수 없는 자신의 처지를 말하는 사람이 불쌍하기도 하다. 더 이상 나는 내 이혼에만 관심을 보이는 그들에게서 받는 스트레스에 나를 방임하지 않기로 했다.

돌싱 4년 차, 이제 나는 안다.

나를 진심으로 생각하는 사람과 불행한 자신을 위해 나를 비교 대상으로 삼는 사람을 구별할 수 있다. 나를 힘들게 하는 무지한 그들과 손절에는 대단한 용기는 필요하지 않다. 그냥 관심을 거두면 식어 버리는 관계라는 것이 보인다.

삶은 각자의 몫이다.

자신의 행복과 불행은 타인의 삶에 닥친 불행에 따라 달라지는 게 아니다. 주체적인 삶의 행보에 따라 변화되는 것이다. 자신을 불행에서 구출하는 방법은 행복을 채워 불행이 흘러넘치게 하는 수밖에 없다.

자신의 기혼 생활이 불행한데 애써 내 걱정까지 하는 오지랖은 사양한다. 타인의 불행은 그저 타인의 몫일 뿐 자신의 불행을 좌우할 힘이 없다. 다시 혼자가 될 자신이 없다면 나를 시샘하는 힘으로 오늘도 현관문 앞에서 서성이는 자신을 먼저 다독이는 용기로 스스로 행복해지는 방법을 찾길 바란다.

에필로그

뜨겁게

사랑했고,

뜨겁게

아팠다

뜨겁게 사랑했기에 결혼을 선택했던 것처럼, 뜨겁게 아팠기에 이혼을 선택했다. 결혼이 주체적인 선택이듯 이혼도 주체적인 선택일 뿐 그 이상도 이하도 아니다.

내가 이혼한 이유는 타인의 귀를 쫑긋 세우게 하거나 눈을 반짝이게 할 특별함이 없다. 더 이상 사랑하지 않아서, 참고 인내하는 것이 고통이었기에 스스로 벗어난 것뿐이다.

결혼과 이혼은 나의 불행과 행복을 위한 주체적인 선택이었다. 다만, 부모인 상태로 이혼할 때는 희생양이 될 자식을 배제할 수 없다는 변수가 더해진 것뿐이다.

부모가 된 상태로 이혼하는 것은 결코 쉬운 결정이 아니다. 자식 때문에 참고 살기를 선택하는 마음도 충분히 공감하고 이해한다. 나도 13년의 기혼 생활 중 10년 가까이 이혼을 고민하면서도 집을 늘리고 둘째를 출산하며 이혼을 미뤘다. 하지만 엄마로서 참고 사는 데도 사랑이라는 기본 베이스가 존재해야 견딜 수 있는 것 같다.

부부가 더 이상 사랑하지 않고, 배려와 보상만 바라고, 기대와 실망이 쌓이고, 억울함과 불만만 가득한 일상은 고통이다. 고통을 짊어진 부부가 과연 온전히 부모 역할에 충실할 수 있을지 한 번쯤 진지하게 돌아봐야 한다.

자식은 부모가 아무리 감춰도 불안을 직감하는 탐지기와 같은데, 그런 아이들이 받을 상처 피할 수 있을까.

어느 육아서에서 자식이 비행 청소년이 되는 것은 부모의 이혼이나 가난 때문이 아니라고 했다. 자식에게 가장 불행한 것은 소통의 부재와 단절이라고 했다.

부부가 소통하지 않는데 자식과 소통하기가 쉬울까. 아빠와 엄마가 자식에게 서로를 부정하지만 않는다면 그나마 다행이지 않을까. 자식도 부모가 웃어야 행복하고, 부모가 안정되어야 안정감을 느끼고, 부모가 안전해야 건강한 일상을 누릴 수 있다.

부모가 매일 싸우고 서로 적대하며 살얼음판 같은 강물 위에 서 있는데, 자식은 튼튼한 아스팔트 위에 서 있을 리 없다. 자식도 부모와 마찬가지로 언제 깨질지 모르는 얼음판 위에서 불안은 매한가지다.

부부가 살얼음 위를 걷고 있다면, 이혼을 고민하는 자신에게 엄마라는 이름으로 희생을 강요하고 있다면, 서로를 결박하는 부부가 아닌 부모로서 책임만 다하는 육아 파트너가 되는 것을 고려해 보길 조심스럽게 조언한다.

이혼의 최종 목표가 나의 행복이라면,
자식을 희생양으로 만들지 않는 이별이라면
고민할 가치가 충분하다고 여긴다.

이혼이라는 것을 부부 의무의 무게를 비워 낸 자리만큼 자식에게 부모 역할을 더욱 충실하게 채워 주는 또 다른 방식이라고 생각하면 어떨까.

자식이 안전해지고 건강한 일상을 유지한다면 부모의 형태가 어떤지는 중요하지 않다. 부모가 변함없이 튼튼한 뿌리가 되어 준다면 자식은 부모의 이혼에 흔들리지 않은 나무가 될 수 있다는 것을 경험을 통해 배운다.

내가 무너지면 아무리 강인한 엄마라 해도 버틸 수 없고, 아무리 능력 있는 아빠라 해도 넘어질 수밖에 없다. 이혼은 그런 나의 불행을 막고 행복한 나를 시작하는 선택일지 모른다.

불행이든 행복이든
주체적인 삶의 최종 결정자는 나다.

그 선택에 대한 책임도 나에게 있다. 주체적인 나의 선택에 책임을 다하는 삶은 이혼녀, 싱글맘, 돌싱 딱지, 두려움

앞에서 온전히 나로 서기에 충분한 자신감이 되어 준다. 그리고 부부가 아닌 각자의 존재로 채우는 삶은 부모의 책임에 박차를 가하는 에너지가 되어 준다.

　3년, 짧으면 짧은 시간이지만 이혼한 부모로서 자식을 위해 많은 시행착오를 겪으며 온전한 부모로 서기까지 고민하고 아파한 시간은 절대 가볍지 않았다. 그런 만큼 이 책에 가장 담고 싶은 것은 부부의 의무를 빼고 부모로서 책임을 더해 행복한 나를 마주하길 바라는 마음이다.

　이혼을 고민하는 당신이 이 책장을 덮을 때, 적어도 당신을 묶고 있는 이혼에 대한 편견과 엄마라는 핑계에서 벗어나길 응원한다.

결혼과 이혼은

나의 불행과 행복을 위한

주체적인 선택이었다.

다만, 부모인 상태로 이혼할 때는

희생양이 될 자식을

배제할 수 없다는 변수가 더해진 것뿐이다.

우리는 육아가 끝나면 각자 집으로 간다

초판 1쇄 발행 2025년 4월 15일

지은이 글짱
펴낸이 김수영

경영지원 최이정 · 박성주 **마케팅** 박지윤 · 여원 **브랜딩** 박선영 · 장윤희
교정.교열 김민지 **편집 디자인** 서민지 · 김은정

펴낸곳 담다
출판등록 제25100-2018-2호 (2018년 1월 9일)
주소 대구광역시 달서구 문화회관길 165, 대구출판산업지원센터 402호
전화 070.7520.2645 **이메일** damdanuri@naver.com
인스타 @damda_book **블로그** blog.naver.com/damdanuri

ISBN 979-11-89784-61-4 (03810)

도서출판 담다는 생각과 마음을 담은 원고를 기다리고 있습니다.
작가의 꿈을 이루고 싶은 분은 이메일 damdanuri@naver.com으로 출간기획
서와 원고를 보내 주세요.

도서출판담다